# La mujer de Judas

Aro Sáinz de la Maza

# La mujer de Judas

Aro Sáinz de la Maza

Ediciones Destino
Colección Áncora y Delfín
Volumen 1692

Ediciones Destino, un sello editorial de Editorial Planeta, S. A.
Avda. Diagonal, 662-664, 08034 Barcelona (España)
www.planetadelibros.com
www.edestino.es

Primera edición: abril de 2025
ISBN: 978-84-233-6740-5
Depósito legal: B. 4.328-2025
Composición: Realización Planeta
Impresión y encuadernación: Huertas Industrias Gráficas, S. A.
*Printed in Spain* - Impreso en España

*Para Bárbara,*
*entrañable en la 729*

No hago otra cosa que mirar, mirar y mirar, y no veo a nadie, no hay gente, ni un alma. Retiro el ojo de la mira, apoyo el rifle en las piernas y echo la cabeza hacia atrás. Cierro los ojos. Noto el sudor, las gotas de sudor, acumularse en la frente, por mi espalda, su lento deslizar por las pistas de mi piel. No me molesto en enjugarlas, las dejo ahí, creciendo, cayendo. Es mi manera de relajarme, de lograr que desaparezcan las ganas de estallar, la tensión. Me concentro en su forma de fluir y finjo que no existen, que no están. Me digo: no tengo calor, no hace calor. Abajo, en la planta de los dormitorios, oigo a Mara, mi mujer, trasteando en uno de los cuartos de baño. Suelto el arma y voy hasta la trampilla del desván, tiro de la cuerda que sujeta la escalera, la pliego sobre sí misma y cierro dando un ligero tirón. Regreso a mi sitio, junto al ventanal que domina, loma abajo, la vista de Torres Blancas. Me siento, agarro de nuevo el rifle, lo acomodo contra el pecho, desentumezco los hombros con tal de sentirme a gusto en la postura, y aprieto el ojo contra el visor de la mira telescópica. No tengo un objetivo en concreto, eso no importa. Lo que sí es importante es sentirme cómodo. Relajo los músculos del cuello, los del brazo, muevo los dedos para evitar que se agarroten y apoyo el índice sobre el gatillo. Acto seguido respiro hondo, una, dos veces, procuro dejar la mente en blanco, como si nada de lo que me ocurre estuviera sucediendo en realidad. Pero es en vano, pienso en mi situación, en cómo me sentiría de tener la vida solucionada igual que uno cualquiera de esos seres que habitan ahí afuera. Es una palabra soez, la vida. Entorno el ojo que apunta con la pretensión de volarle la cabeza a alguien si, por una de esas casualidades, se atreve a pasar por delante del punto de mira. No me refiero a nadie en particular, no tengo manías. Doy un barrido general. Insisto y lo hago otra vez aun sabiendo, como sé, que a estas horas del mediodía lo normal es que todo el mundo se encuentre bajo techado. En efecto, no logro descubrir a nadie. Separo la cabeza del rifle, echo un vistazo. Todo permanece desierto, exánime. Aprovecho y arrimo la silla con tal de que la espera resulte más soportable. Doy otra ojeada, la calle, las casas, las piscinas. Cuando pongo de nuevo el dedo en el gatillo el teléfono comienza a sonar. Dejo que lo haga un par de veces, otra más. Las voy contando. Sé que Mara espera que yo me encargue. De un momento a otro va a gritar algo, cualquier cosa, con tal de que sea yo quien vaya y descuelgue el maldito aparato. Cierro los ojos, espero. Al instante, oigo que vocea: «¡Jabo, el teléfono!». Continúo con los ojos cerrados, los aprieto, es cuestión de un momento. A los timbrazos se les une ahora el chirrido de los neumáticos de un coche al tomar la curva a demasiada velocidad. Abro los ojos, muevo el rifle tratando de localizarlo a través de la mira. Estoy torpe, el movimiento ha sido brusco, y solo consigo ver un trozo de la calle, las líneas blancas, entrecortadas, sobre el gris del asfalto. Mara descuelga el teléfono. Una pausa, cuelga. Ahora volverá a gritar. Aquí viene, dice: «¡No era nadie, otra vez el silencio, me estoy hartando!». Dejo el arma en las piernas, la coloco de través, y me pongo a tamborilear sobre la culata del rifle. Estoy así un rato, me entretengo. A continuación, hago lo mismo pateando el suelo con suavidad, sin seguir ninguna pauta en concreto, primero con las puntas, luego con los talones. «¿Me has oído?», grita ella.

Reclino la cabeza, vuelvo a cerrar los ojos.

Sí, la he oído, la estoy oyendo toda la mañana. En el viaje de vuelta, en la autopista, al atravesar Sarona, entrando en la urbanización, mientras aparcaba el coche, al cerrar el garaje. Diciendo que no le gustaba mi actitud, que no debía haberlo hecho, que yo era decepcionante, que la hacía quedar en ridículo. Que si tal cosa, que si tal otra. «Era para estar seguro —replicaba yo—, eso es todo.» «¿Eso es todo? —se ha puesto a gritar—, ¡se lo has preguntado una docena de veces, una docena de veces!» Bueno, en eso tiene razón, es cierto. Pero no tenía que tomárselo de esa manera, yo solo pretendía evitar el error; además, ese tipo no me ha gustado, no sé. De entrada, nos ha hecho esperar una eternidad en una sala minúscula y repleta de mujeres impacientes y nerviosas, cada una con su botella gigante de agua, dando sorbos sin parar, y hablando todas de lo mismo. Era nauseabundo, un horror. Odio este tipo de situaciones, no sé dónde dirigir la mirada ni qué hacer con las manos. Cosas así son las que me sacan de quicio. Por fin, aparece una enfermera y nos dice que adelante, que es nuestro turno, y nos sostiene la puerta para que pasemos a una habitación medio en penumbras y con el aire acondicionado demasiado alto. La verdad, me ha dado mala espina, me he sentido igual que en una encerrona. Mara que comienza a desnudarse de cintura para abajo, que me tiende su ropa, que me dice: «Ten», y yo, incómodo, sin saber dónde colgarla, con su falda y todo lo demás en la mano, mirándola, como una estatua, mientras Mara, tan tranquila, iba hasta una camilla, se echaba, y nada, a esperar. La enfermera se ha apresurado a taparla y, luego, una vez todo a punto, ha desaparecido por otra puerta. Un momento y vuelve acompañada del doctor, un tipo demasiado peinado, moreno, con gafas de montura de marca y unas manos de dedos largos y finos, como las de una bailarina de ballet. Lo primero que hace, justo después de entrar, es retirar la sábana que cubría a Mara más allá de lo estrictamente necesario. Le he hecho ver que se había pasado, es más, he insistido a la vez que le he dado los buenos días. Luego, agarrando el borde de la sábana la he situado justo en la linde donde el vientre dejaba de abultarse. La línea era clara para mí, igual que si hubiera estado marcada por un rotulador de punta fina sobre la piel. Pero no, el ecografista, con expresión neutra, ha corregido la posición, ha dado el vistazo correspondiente y, sorprendido ante mi forcejeo, va y me suelta: «¡Por favor!». Mara, desde la camilla, con voz tajante, ha dicho lo mismo: «Jabo, por favor». No he replicado, no tenía sentido hacerlo, y los he dejado en paz. Por un instante he visto las cosas rojas, el estropicio, los ruidos ajenos. Solo ha sido por un breve espacio de tiempo. He encogido los hombros y me he limitado a observar la escena. La enfermera untando el vientre de Mara con una crema gelatinosa, el ecografista haciendo resbalar un aparato por la zona, las imágenes en el monitor, las mismas imágenes reflejadas en los cristales de sus gafas, las caras de la enfermera, del tipo, de Mara. Las sombras en la pantalla y las risas de Mara. Sin querer, he dado un paso atrás. Mara, que lo nota —está muy sensible últimamente— y frunce el ceño. He intentado esbozar una sonrisa, pero solo me ha salido una mueca a medio camino de nada. Tampoco he desandado el paso, me ha resultado imposible de todas todas. Hubiera querido huir de esa habitación a medio iluminar, con el aire acondicionado demasiado alto, de los tres testigos inclinados hacia el monitor, de las palabras jocosas sobre la criatura, sobre Mara, sobre la niña. La cabeza dándome vueltas y el doctor, señalando un nosequé en la pantalla, repitiendo que no había ninguna duda. Nadie me ha prestado atención, todos contemplando el dedo que apuntaba al garabato en blanco y negro que oscilaba en oleadas. Y Mara decía: «¡Es una niña, es una niña, la veo!».

He pensado: ¿es que nadie se preocupa de mí?

Un motorista asciende por la cuesta dando gas de forma exagerada. Apunto hacia él y creo reconocer al sujeto dentro del casco; es el hijo de los Verino, uno de ellos, haciendo payasadas sobre la moto. Me inclino hacia delante y acaricio el gatillo con cuidado. Es una sensación agradable. Tener las cosas, el mundo exterior, dentro del círculo cuarteado por las líneas perpendiculares hace que las otras cosas parezcan, como en una ilusión, más fáciles y sencillas. Todo es asequible, me dicen las voces interiores. Haznos caso, podrías hacerlo, susurran. A diferencia de las palabras nocivas, las voces interiores me complacen. No puedo sustraerme a ellas, a su certeza, a las posibilidades que me abren. Tienes poder, tienes valor, no eres un inútil. En todo caso, eres un inútil con poder y eso, aun siendo poco, ya es suficiente. Yo me conformo. No, no hay nada mejor que esto, no puede haberlo. Permito que, hoy, el joven se desvíe y persigo su recorrido. Toma la curva en hábil derrapada, hace atronar la moto y, con sucesivos golpes de gas, acaba por detenerse ante la puerta metálica de una de las villas. Se arranca el casco, lo lanza contra el suelo sin dejar de dar gas hasta que consigue que alguien de dentro accione el mecanismo de apertura y, solo entonces, apaga el contacto, despliega el caballete y desciende. Le observo plantarse a un lado y estirar el cuello hacia atrás mientras se desajusta los tejanos por la entrepierna. Afino la mira y su rostro, en primer plano, aparece en todo su anodino esplendor. Unas gafas de sol, la cabeza rapada, la mueca estúpida, vacía. Ladea la cabeza extrañado por la ausencia de ruido y mira hacia los lados con un punto de aprensión para, al instante, retornar la imagen hueca, baldía. Se rasca la cabeza con un ademán mil veces repetido y de nuevo estira el cuello. Al cabo, suelta una patada al casco en dirección al jardín y atraviesa el umbral con paso cansino y arrastrado. Cierra la puerta con un nuevo puntapié. Sonrío, tengo poder sobre él. De inútil a inútil, yo soy más que ese. Yo sé cómo es. Él, ni siquiera se imagina que exista un tipo como yo, no tiene imaginación. Sigo sus pasos hasta el porche de la casa. Cabizbajo, rodea una mesa, aparta una de las sillas vacías y toma asiento sin decir una palabra. Una joven con delantal blanco, camisa y falda rosa, y calzada con unas zapatillas de goma, también de color blanco, se apresura a llenarle un plato, se lo lleva con celeridad y se lo deja delante. El pelón se inclina, agarra el tenedor con toda la mano, despliega los codos a los lados, y comienza a tragar a gran velocidad. La joven del delantal se desplaza hasta una mujer de edad indeterminada, muy morena, con el cabello rubio sujetado en un moño sobre la cabeza dejando al descubierto una nuca sin broncear. Sin abrir la boca, la muchacha se acerca y le retira el plato. La mujer hace un gesto y mira hacia otro lado mientras apura una copa de vino blanco. Enfrente, dos muchachos continúan comiendo sin parar de moverse. De vez en cuando, uno de ellos empuja al otro, se dan golpes con los hombros y, solo en esta ocasión, la señora rubia dice algo, agita la servilleta y restablece el orden. El hombre situado en un extremo enciende un cigarrillo, separa la silla, la coloca de lado, y alarga la mano para alcanzar una taza, la sostiene en alto y dirige su mirada hacia la piscina. La joven de rosa corre hacia él empuñando una cafetera, la vierte para llenar la taza y se aparta de la mesa, ni demasiado lejos ni demasiado cerca, hasta ocupar su sitio. «¡Voy a darme un chapuzón!», oigo que Mara me grita. Dejo de enfocar a los Verino, bajo el rifle y lo apoyo contra la pared. «Jabo, ¿me has oído?», vuelve a gritar mi mujer. Me levanto, voy hasta la trampilla, la abro y me asomo. Mara está mirando hacia arriba. Al verla, me llevo un sobresalto, se encuentra demasiado cerca. Me digo, me recuerdo, que ella nunca subirá hasta aquí. Lo sé, no se atreve, le da miedo la posibilidad de rodar escaleras abajo. En su estado, no quiere exponerse, le aterroriza la idea de una caída. Esto convierte al desván en un sitio privilegiado, el único rincón de la casa que puedo considerar como refugio seguro. Nos quedamos mirando. Por un momento, tengo la impresión de que no hay nada que nos podamos decir, que las palabras ya no pueden cumplir su función con nosotros. Mientras esa posibilidad se va abriendo camino en mi cabeza, oigo que Mara dice algo y la impresión se evapora. Asiento en silencio. Mara da media vuelta y desaparece de mi vista. La oigo alejarse, va hablando con ella. La voz es cariñosa y dulce, parece una niña.

El rifle es un RCYC 90. Es de Julián. Igual que la Barbum 357, la Irving 9 milímetros, el fusil de asalto M14 con silenciador, el Astron CLT y la Wears KS-666. A Julián le gustan las armas, las colecciona. Voy hasta el rifle y dudo un instante en si seguir con él, pero me acuerdo de Mara y decido guardarlo. El armero está situado en uno de los extremos del desván, cerca de la trampilla, camuflado detrás de un mueble bar de apariencia más bien ridícula. Lo abres y aparecen unas botellas de varias clases y marcas, los vasos, la cubitera, un sinfín de posavasos. Accionas una palanca disimulada en una de las esquinas, junto al marbete del espejo, y el espejo se abre, se desdobla hacia fuera, y deja al descubierto un cubículo con las paredes tapizadas de azul oscuro. Las armas están suspendidas, cada una en su soporte, y debajo, junto a los útiles de limpieza, hay un estante con varios departamentos, cada uno repleto de su respectiva munición. El desván es una sala espaciosa, rectangular, con los techos inclinados, casi desprovista de muebles —a mi amigo Julián no le gusta almacenar nada que no tenga utilidad, es una de sus manías—, con un ventanal de puertas corredizas en un extremo y una pequeña terraza en el otro opuesto. La estantería que lo recorre de parte a parte contiene los aparatos de vídeo, televisión y música. En una esquina, junto a las películas de la Hepburn, tengo la caja de zapatos donde guardo mis papeles, mis cosas importantes. El resto de la sala lo ocupa una nevera de pequeñas dimensiones y un sofá de módulos que puede hacer las veces de cama. Coloco el rifle en su soporte y acciono la palanca y cierro el armero. Abandono el desván. Desciendo por la escalerilla hasta el distribuidor de la planta de los dormitorios y por la amplia escalinata voy a la planta baja, cruzo la sala y salgo al jardín. De golpe el sol. Deslumbrado, vuelvo a entrar en la casa, busco mis gafas oscuras, recorro la sala. Por fin, las encuentro en la repisa de la chimenea, junto a las llaves. De nuevo al aire libre, menos incómodo ahora, me dirijo a la piscina. Subo el pequeño terraplén y descubro a Mara, me está aguardando con expresión de enfado. Dice que ya era hora. Le pido disculpas. Añado que ya se puede dar el baño, que no se preocupe. Que yo vigilo. La veo encaminarse hacia el borde de la piscina y me fijo en las manchas oscuras que le han salido en las piernas. También observo sus tobillos, están hinchados. Comienza a descender por los escalones de piedra. Lleva un traje de baño de color salmón pálido, con pequeñas listas blancas y un pliegue, como una capa, sobre la zona abultada. A mí me hace gracia ese detalle, es como si pudiera levantar el vuelo de un momento a otro. Se introduce en el agua con cuidado, haciendo aspas con los brazos y resoplando por el contraste de temperatura. Una vez dentro, se le escapa un respingo. Dice que la sensación es genial, que todo flota. Se coloca panza arriba y es cierto, veo que el vientre se afila, poniéndose en punta, como si quisiera salir del agua. Todo esto me produce náuseas. Mara se pone a reír. Dice que el agua está buenísima, que por qué no me baño, que estaría bien hacerlo juntos. Sigue así un rato, hablando y hablando sin cesar, hasta que consigue que la cabeza empiece a darme vueltas. Me alejo, voy a la sombra de los pinos. Sentado en el césped, bien agarrado a las rodillas, me pregunto qué es lo que la pone tan contenta. Mientras, espero a que termine. Al instante me siento absurdo, es ridículo. No sé por qué Mara necesita que esté cerca de ella. Yo no soporto las piscinas, ella lo sabe. Una piscina, para mí, es agua muerta. Por decir algo, le grito que tengo hambre.

Le pregunto cuándo comeremos. Mara no contesta, se sumerge y continúa nadando. Llevo la mano al bolsillo de la camisa y maldigo, me he dejado el paquete de tabaco en el desván. Pienso en ir a buscarlo, me apetece fumar, pero no me muevo.

La villa es de Julián, de mi amigo Julián. Está situada en el punto más elevado de la urbanización Torres Blancas, a un lado de Sarona, enfrente del mar. La ciudad, el lugar inhóspito, el auténtico laberinto, se encuentra a un centenar de kilómetros por la autopista de la costa. Julián nos la ha dejado. «Podéis pasar aquí el verano», dijo. Y añadió: «Cuidádmela bien». Julián es una gran persona, un amigo de verdad, ni siquiera tuve que pedírselo. Es un tipo genial. Le conté el asunto de las cañerías de nuestra casa, que habían reventado, que resultaba imposible, con el calor, vivir de esa manera. No hizo falta más comentario. Nuestra vivienda no tiene nada que ver con la de Julián. La nuestra está situada en las colinas, sobre la ladera del macizo montañoso que domina la costa. La vista es magnífica, pero es una casucha de madera desvencijada dentro de un terreno en desnivel que costaría una fortuna adecentar. Dos dormitorios, el baño, y la sala junto a la cocina. Eso es todo. Nos instalamos el otoño pasado, justo antes de que comenzaran las lluvias. Julián nos convenció. Se dedica a este negocio, es lo que él dice, y se ha hecho de oro con la compraventa de fincas. Conocía la zona —él ya había adquirido la suya— y nos dijo que era una ganga, que después de unas reformas la casa quedaría imponente, que era una inversión sin riesgo en un sitio con futuro. Y es cierto, yo lo sé, confío en él. Solo necesitamos un poco de suerte, un poco de la suerte que parece acompañar a Julián en todo lo que lleva a cabo. Mara no se lo cree, ella es de otra opinión. Dice, respecto de mi amigo, que no es posible conseguir tanto en tan poco tiempo y yo insisto con lo de la suerte, que todo depende. Le digo cosas por el estilo, pero no la convenzo. Mara es una mujer muy desconfiada, dice que el dinero rápido siempre es sospechoso. Se lo expliqué a Julián, tuve que hacerlo. Se lo dije con las mismas palabras de Mara y Julián me estuvo observando un largo instante, con fijeza. Luego, estalló en carcajadas. Acto seguido, muy serio, aseveró: «Yo no creo en la suerte», y me mostró dos dedos, uno montado encima del otro. No entendí ese gesto. Julián es un tipo al que hay que descifrar los significados. La última de las cosas que acabó por convencernos para dejar la ciudad y trasladarnos a vivir allí fue la vista. La de nuestra casa es espléndida, una maravilla. Eso fue definitivo. Nos pusimos de acuerdo en que lo importante era mejorar la calidad de vida. Ella encontró empleo en una gestoría de Sarona y yo he ido trabajando en varias cosas, pero nada fijo. El problema es ahora, con el cierre de la gestoría, yo sin trabajo y Mara de siete meses. Tenemos un problema, eso es todo. Además, queda pendiente lo de las cañerías. Pero es nuestra casa, lo único verdaderamente nuestro. A Julián se le ocurrirá algo, estoy seguro. Cuando vuelva de viaje.

Dijo que antes de que acabe el verano.

Mara suelta un grito, casi un aullido, y luego unas risas. Se pone de pie donde no cubre y me dice que la niña le ha dado una patada. Dice: «Una patada de padre y muy señor mío». La frase me irrita, es una expresión que detesto, intuyo que lo dice con doble sentido. Aprieto los puños. Oigo el teléfono repicar en la sala, me levanto de un salto y salgo disparado hacia la casa. Voy corriendo. Pienso: a lo mejor es Julián. Agarro el auricular, digo: «¿Sí?». No hay respuesta. Al fondo, el ruido de la estática. Repito: «Sí, dígame». Nada, no contestan. Cuelgo con delicadeza. No quiero darle vueltas a este tema de las llamadas, no es algo importante, solo es una situación repetida que no conseguirá sacarme de mis casillas. Sea quien sea, no le voy a dar esa satisfacción. Antes de volver a la piscina, aprovecho y voy a buscar el paquete de tabaco al desván. Al bajar, paso por la cocina y saco una cerveza de la nevera. Bebo directamente de la botella. Me pregunto quién demonios debe de ser. Una equivocación, me digo. Seguro. Acabo la cerveza, tiro el casco a la basura. A continuación, saco otra. Entonces voy donde Mara.

En la piscina, Mara está nadando de forma extraña. Veo su cuerpo, desnudo, deformado a través del agua, las piernas empujando, los brazos planeando sobre la superficie de color azul caribe. Se detiene, alza la cabeza, me sonríe con la respiración agitada. Señala el bañador con un gesto de la barbilla y lo veo en el césped, cerca de los rosales, hecho un revoltijo. Mara dice: «Así es mejor». Lo recojo y se lo lanzo, miro a derecha e izquierda, azorado, y le digo que se lo ponga inmediatamente, que cualquiera puede verla. Añado que en su estado... y no se me ocurre cómo acabar la frase. Ella replica: «¿En mi estado qué?», y no me hace caso, lo alcanza y vuelve a tirarlo lejos de la piscina. Con los brazos en jarras, dice: «Me encanta». Fuera, en la calle, oigo el coche de Amancio, uno de los vigilantes de la urbanización, haciendo su ronda. Es inconfundible el ronroneo del Range Rover a tan escasa velocidad. Mentalmente, sigo el trayecto que hace: termina de subir la cuesta, gira por detrás de la villa, recorre la calle sin salida, llega hasta el final y frena. Coloca la marcha atrás, da la vuelta al Range, se detiene unos instantes, echa un vistazo y, es lo más probable, se entretiene dando un trago de su petaca. Después de un cigarrillo, reemprende la marcha, toma por la calle a continuación y baja por la vertiente sur de Torres Blancas. Son tres los guardas encargados de la vigilancia. Serafín es el del turno de noche, Rodrigo es el de la mañana y Amancio el de la tarde. Serafín y Rodrigo son unos miserables. Cuando les pregunté sobre su trabajo, por si sabían si se necesitaba a alguien, me dijeron que no, que la plantilla estaba al completo, que fuera a preguntar a la compañía pero que no me hiciese ilusiones, que no me iban a aceptar. «Por la edad —dijo Rodrigo—, demasiado joven.» Se echaron a reír, ambos se rieron de mí. En cambio, Amancio dijo: «Lo siento, chaval». Me cayó bien ese gesto. Más adelante, en otra conversación, averigüé que Amancio había sido policía y que después de un asunto turbio le obligaron a dimitir. A mí eso no me importa, yo no me meto, solo sé que el día que le conocí se mostró amable conmigo. «No te preocupes —añadió—, aquí te puedes buscar la vida, pero hay que tener los ojos bien abiertos, estar preparado.» Esto sucedió cuando llegamos a Torres Blancas. Creí conveniente ir a presentarme, a decir quién era yo y a informarlos de que me hacía cargo de la villa de Julián. Lo hice para evitar malentendidos, a Julián se le olvidan según qué cosas y no quise crearme problemas. No me lo quito de la cabeza, fue una lástima, una verdadera lástima, lo de la vigilancia hubiera sido un buen asunto para mí. En este lugar no hay complicaciones, solo las que provocan algunos de los hijos de los propietarios, poca cosa. Los vigilantes, además, van armados con una Beteza de 9 milímetros. Y el sueldo es bueno. Observo a Mara dar brazadas de lado a lado de la piscina, impulsándose con leves movimientos. Me fijo en su espalda, las piernas, en la espuma que levanta. Enciendo un cigarrillo. Mara cambia de postura y se pone boca arriba, flotando, con los brazos en cruz. Dice: «Cuando nazca la niña quiero aprender a bailar bailes de salón». Bebo un sorbo de cerveza, hago una mueca de disgusto, está caliente. La mantengo un rato en la boca y luego la escupo. Mara prosigue: «Tomaré cursillos de baile, es una idea estupenda, me servirá para recuperar la línea, para adelgazar». Sumerge la cabeza, un instante, y vuelve a asomarse. Continúa. Dice: «¿Quién era al teléfono?». Le contesto que nadie, que lo de siempre, y ella me pregunta si eso no me parece raro. Me encojo de hombros, no quiero hablar de ello. Insiste: «Pues a mí sí me lo parece, lo he estado meditando y creo sospechar de qué se trata». Vuelvo a encogerme de hombros, estoy pensando en lo de los cursillos, en cómo vamos a pagarlos, en que los bailes de salón se bailan en parejas. Ella parece leerme el pensamiento y dice: «Iremos juntos, fíjate que es algo que siempre he querido hacer, el pasodoble, el bolero y..., bueno, todos los demás». Sonrío, solo se le ocurren dos. Eso es todo lo que Mara sabe de bailes de salón.

Continúa hablando de bailar.

Apago la colilla en la hierba y la lanzo fuera, a la calle, calculando mal la fuerza; tropieza contra los setos, rebota y cae sobre el césped. Me levanto, la recojo, la lanzo de nuevo y esta vez sí, esta vez consigo mandarla fuera de los límites de la propiedad de Julián. «No me has dicho qué piensas de mi idea», me dice Mara saliendo de la piscina. Camina hacia mí, desnuda, sacudiendo el bañador. Se detiene a escasa distancia, sin salir del sol. Yo permanezco en la sombra. Nos miramos. Le digo que ya es hora de comer, señalo hacia la cocina. Ella se acaricia el vientre con movimientos circulares, suaves. Lee en mis ojos la repulsión y dice: «Va a ser una niña preciosa». Sonríe. La imagen de la niña se me clava en la frente. Una niña. Mi madre, cuando se enteró de que Mara estaba embarazada, me dijo: «Un hombre como tú no debería tener hijos». No sé por qué me viene ahora ese detalle. «Se parecerá a mí, ¿verdad?», quiere saber Mara dando un paso hacia delante. No sé qué debo contestar y asiento, lo afirmo con energía, quizá con demasiada. Entonces se me ocurre que la memoria, esa mala costumbre, es la madre, el origen, de la mala suerte. Con la mala suerte puedo, es una cuestión de fuerza, como un pulso, pero cuando interviene la palabra *madre* se acabó toda resistencia, gana siempre. Vuelvo a afirmar. Estoy seguro, tan seguro como que sé distinguir las palabras nocivas. Y cuando dejo de mover la cabeza repito que ya es hora de preparar la comida, me encamino hacia la casa y me alejo de ella. Mara se queda al sol, sonriendo. De reojo, la veo soltar el bañador, sujetarse el vientre abombado con ambas manos y hablar con él. El tono es maternal, cargado de ternura. Igual que si estuviera hablando con alguien de verdad.

No, no lo voy a hacer. En vez de eso, enciendo un cigarrillo, doy una larga calada, y me agacho para cerrar el lavaplatos, aprieto el botón de puesta en marcha y termino de recoger la mesa. Guardo cada cosa en su sitio, el mantel, las servilletas. A continuación, me dedico a observar el jardín, el suelo de terrazo de la cocina, de nuevo el jardín. Después de varias caladas no lo puedo evitar, me entran unas ganas terribles de beber algo. Voy a la despensa, abro los armarios y, entre tantas botellas, dudo cuál escoger. Al poco, me decido por un whisky de malta, uno de dieciséis años. Retiro la botella de Lagavulin, lleno medio vaso de los anchos, la cierro y la vuelvo a dejar en su sitio. Me quedo contemplando la bebida. Mis problemas con el alcohol son cosa del pasado, quiero pensar, pero con todo, me cuesta alargar la mano y llevarme el vaso a los labios. Lo que siento es algo parecido al miedo, un regusto amargo en la garganta que desciende hasta la boca del estómago. Pienso: ¿me apetece de verdad? La pregunta es una bobada, está claro que me apetece, una copa siempre viene bien. El asunto consiste en decidir si me conviene o no. Con tal de hacer algo —no quiero darle vueltas a ese tema—, voy a la nevera y saco una soda. Me distraigo un rato con la puerta abierta y un pitido entrecortado y agudo me avisa de que debo cerrarla de inmediato. Es molesto, suena como si la nevera me estuviera amonestando, es lo que me parece, y yo, como venganza, la cierro de golpe, aprieto el manubrio del hielo y, cuando calculo que van a caer los pequeños ladrillos helados, retiro la mano y la dejo a media orden. Tengo la impresión de que esto debe de resultar un incordio para el ordenador del frigorífico. Acerco el oído y escucho unos crujidos. Contrariado, eso es lo que ahora me parece. Dejo la soda sobre el mostrador, tomaré el malta solo. Lo pruebo, es excelente, una maravilla. Salgo a dar una vuelta por el jardín. Rodeo la casa y camino hacia el ciprés en el extremo más alejado de la finca. Subo por la leve pendiente, dejo atrás la piscina y, procurando no pisar el centro de flores, me coloco entre el ciprés y los setos, en la sombra. Levanto la mirada a lo alto y lo que veo no me gusta, me da mal rollo. Tengo que decirle a Julián lo que opino de este árbol, es siniestro. Contemplo la casa, el cuidado césped, la distribución del resto de la arboleda. Bebo un sorbo, otro más. No tengo ni pizca de sueño. Mara, en cambio, está durmiendo la siesta en el sofá de la sala. Tan tranquila. Durante la comida me ha preguntado cuándo pensaba subir a nuestra casa. Ella quiere que vaya a recoger unas cosas que necesita, cosas sin importancia, vestidos, la agenda, útiles de maquillaje, cosillas así, nada relevante. Le he contestado que un día de estos y se ha puesto como una fiera. Para calmarla, le he dicho: «¿Quieres que vaya ahora?». Estaba seguro de que me iba a decir que no era necesario. Sin embargo, su respuesta ha sido: «Después de comer». Me miraba de forma extraña. Sé lo que pretendía, a mí no me engaña, buscaba que discutiéramos para, a continuación, poder echarme en cara que ya es hora de que yo me ocupe de algo. He preguntado: «¿Tanta falta te hace?». Mara ha dicho que sí, que si no, no me lo pediría. No he discutido, le he dicho que de acuerdo, que está bien. «Iré a media tarde, cuando haga menos calor.» Ella ha bajado la vista al plato y yo he hecho otro tanto. Hemos seguido comiendo como si tal cosa. Poco después, oigo que me dice: «Perfecto entonces». Las cosas han cambiado, no hay que ser un tipo muy listo para darse cuenta. Me pongo de pie, me alejo del árbol siniestro, y voy a la sala.

Me la encuentro en el sofá, con la televisión encendida y, tal como pensaba, durmiendo plácidamente. En el suelo, catálogos de cosas para bebés, y revistas de bebés, y revistas de ropa de grandes almacenes para bebés, y guías para mujeres embarazadas. Mara se está documentando a fondo, quiere saberlo todo sobre bebés. Les doy un vistazo, veo que ha marcado unos artículos con tinta roja. Los cuento y compruebo que son demasiados, demasiado dinero. Confío en que Mara no vaya en serio con todo eso. La miro. Tiene la boca abierta y suelta un pequeño gorgoteo de vez en cuando. Me fijo en un brillo de sudor sobre el labio. De repente, aprieta los párpados y tensa la piel de las mejillas. Me gustaría saber qué está soñando. Antes, no hace tanto tiempo, teníamos la costumbre de contarnos los sueños. Dejamos de hacerlo cuando en los míos volvieron a aparecer las imágenes oscuras, las imágenes donde siempre ocurría el mismo suceso. Acerco mi cara a la suya y soplo. Mara se revuelve, hace restallar la lengua y cambia de posición. Se coloca de lado, aprieta uno de los almohadones contra la cabeza y apoya la otra mano, flácida y protectora, sobre la curva del estómago. Esbozo una mueca, se me escapa, y la dejo estar.

Recorro la planta baja. El gimnasio, la sauna, la biblioteca, la sala de proyecciones, las habitaciones del servicio. Cuando termino de curiosear, me dirijo hasta una de las esquinas de la casa, al despacho de Julián. Me siento en su silla, detrás del escritorio de cerezo, y me balanceo un par de veces con suavidad de izquierda a derecha. Luego, me dedico a abrir los cajones. Comienzo por el de arriba y voy bajando. Papeles, material de escritura, unas llaves, varias agendas. Dejo la mesa, voy al archivo. Lo encuentro cerrado. Justo encima, en la pared, hay una fotografía en blanco y negro que oculta una de las cajas fuertes. La imagen es artística, es una tarjeta de crédito, de oro, por supuesto, y una cucaracha, dos, caminando sobre ella. Hago resbalar el dedo por las bisagras del marco. Continúo por las estanterías, los libros, los cuadros de diferentes marinas y los trofeos de pesca. Voy a sentarme en el sofá, apoyo los pies en uno de los brazos, la cabeza en el otro, y echo una ojeada al resto. La mesa de billar, el órgano Hammond apoyado contra la pared, la escultura de una mujer con los brazos estirados hacia el techo. Cerca de ella hay una foto aérea de la vista general de Torres Blancas. Al lado, otra centrada en la villa de Julián. A continuación, el título de patrón de yate, una fotografía de uno de sus barcos, el escudo de su apellido y un armario bajo con tres puertas. Las abro. Solo hay papeles y archivadores informáticos junto a un par de carteras de piel. La última puerta esconde la segunda caja fuerte detrás de un falso fondo, Julián la llama el departamento secreto. Lo cierto es que sé la combinación. Antes de marcharse, Julián me la confió, dijo que era por si acaso, que ya me lo explicaría más adelante. Me hizo memorizarla, pero nunca se me ocurriría ver lo que hay dentro sin su permiso. Me incorporo, apuro el vaso, y salgo del despacho. En la cocina, lo vuelvo a llenar, esta vez sirvo una generosa cantidad, y subo al desván. Cierro la trampilla. En el mueble bar, veo mi cara en el espejo detrás de las botellas. No me gusta lo que veo, mis ojos. Doy a la palanca y extraigo uno de los revólveres del armero, lo sopeso, lo cambio de mano un par de veces y finjo que disparo. Lo encajo en la cintura de los vaqueros, suelto las manos, las dejo caer por los costados. Doy un par de pasos, simulo que voy andando como si tal cosa, distraído pensando en nada, y de repente lo saco, lo alzo y disparo. Imito el ruido mientras adopto la postura, una mano apoyada en la otra, apuntando. Me hace gracia. Es un buen revólver, con el peso justo, un peso que dota seguridad, que me la concede. Se me ocurre y lo hago. Le doy la vuelta y apunto hacia mí, el cañón enfocando a la cara. Abro la boca, la cierro. No me lo pienso, meto el cañón dentro. Sabe mal, es un sabor metálico. Me imagino lo que sería disparar de verdad y lo veo sin sentido, un juego absurdo que nada tiene que ver conmigo. No hay afirmación en eso, no hay nada en absoluto. Coloco el revólver en su soporte y retiro el rifle. Agarro el vaso, voy a ocupar mi sitio junto al ventanal. Bebo un trago, otro más. Sabe mejor ahora, ya ha desaparecido la sensación en la boca del estómago. Estaría bien consultarle a alguien sobre los efectos positivos del alcohol, si es eso posible, y sobre mi caso en particular. Tengo que preguntárselo a Julián cuando regrese. Él me conoce perfectamente, sabe más de mí que yo mismo. «Para ya con eso», me diría si estuviera aquí. De todas formas, no es nada, no soy ningún alcohólico. Acerco la cabeza a la mira y aprieto el ojo contra el visor. Doy un repaso al vecindario en busca de alguien, de una buena víctima.

La primera vez que probé el alcohol fue cerveza, pero no estoy seguro de que a eso se le pueda considerar alcohol. La bebí con Julián y, aunque él dijera que no, creo que también era su primera ocasión. Vivíamos en el mismo barrio, separados tan solo por un par de portales, y cuando nos conocimos en el instituto, por casualidad, como siempre pasa en estos casos, decidimos que de ahí en adelante haríamos juntos el camino a casa. Ocurrió después de una pelea. Julián se las tuvo en el patio con uno de tercero, uno que le pasaba medio metro y que tenía fama de salvaje, y mientras el resto de la clase nos dedicábamos a hacer corro y a contemplar la escena con una mezcla de morbosidad y admiración, ellos dos se atizaron de lo lindo. Esa ha sido la única vez en toda mi vida que he visto a Julián fuera de sí, estaba como loco. Más tarde, después de salir del despacho del director, me contó que no se había enterado de nada, que solo había visto una nube de color rojo, una nube que se tornaba cada vez más tupida, más impenetrable, y que lo único que él pretendía era disiparla dando manotazos en el aire. No lo entendí. Sea como sea, el resultado fue que le expulsaron una semana. Al salir, me lo encontré esperando en la esquina del instituto, sentado sobre el capó de un coche. Echamos a andar sin decir una palabra, ambos sabíamos que no era un momento para hablar. Recuerdo su paso contenido, tenso, la mirada entornada. Al ver una tienda, Julián entró, yo fui tras él, y compramos unas cervezas. Nos las bebimos por la calle retando a cualquiera que se atreviera a decirnos lo contrario. Solo cuando estábamos cerca de casa se decidió a romper el silencio. Entonces me dijo que no se volvería a rebajar en un asunto como ese, que nunca más iba a verse envuelto en una situación parecida. Que si no había otro remedio, pagaría a alguien para que lo hiciera por él. Me pareció bien. No sabía de lo que hablaba, pero lo vi perfecto. Durante la semana que estuvo expulsado nos aficionamos a la cerveza. Y cuando comenzamos Económicas aprendimos todo lo necesario sobre la ginebra, el vodka y el resto de los alcoholes en el bar de la facultad. Nos pasábamos tardes enteras sentados en una de las mesas del fondo —en aquella época se decía que era el único bar que tenía facultad—, hablando del futuro, de cuando hubiera dinero. Recuerdo aquellas conversaciones, las recuerdo perfectamente. El tema era siempre el mismo: dinero. Julián decía que no sabía cómo, pero que lo tendría y pronto. Yo le imitaba, repetía todas y cada una de sus palabras —pues yo también lo tendría—, y hacíamos un brindis. Me gustaba hablar con él, era alguien que llamaba a las cosas por su nombre y se dejaba de memeces e ideales. La gente, el resto de los compañeros, nos hacía el vacío, pero nos daba lo mismo. Julián lo veía claro, ambos lo veíamos claro. Lo mejor fue que éramos camaradas, nos teníamos el uno al otro. Así hasta que un día decidimos hacer un pacto solemne. El primero que lo consiguiera —nos referíamos a dinero, dinero abundante de verdad—, haría todo lo posible por compartirlo con el otro. Nos daba igual la forma, lo que importaba realmente era no dejarnos en la estacada, saber que no estábamos solos, que había otro, que a partir de entonces tendríamos una red debajo. Lo siguiente fue ponerlo por escrito —eso fue idea mía— y luego lo firmamos. Aún tengo el papel, lo guardo en la caja de zapatos, donde mis cosas importantes. Después, para rubricarlo, acabamos la botella, nos dimos un fuerte apretón de manos y fuimos a celebrarlo por todo lo alto. Nos sentíamos fuertes, capaces de cualquier cosa. El futuro había dejado de ser algo inseguro. Subimos a mi coche, un Corsa negro de segunda mano, y conduje detrás de la universidad, hacia la zona de las putas. Escogimos una y sellamos el pacto. Allí, sentado al volante, con la cabeza girando sin parar mientras Julián se esforzaba en el asiento trasero, fue donde me di cuenta, verdadera cuenta, del auténtico sentido de las cosas. El destino, a partir de ese instante, me estaba diciendo que sí. Y lo primero que hice, el primer paso que di, fue abrir la puerta y vomitar hasta la última gota. Lo sé, no fue un primer paso brillante, pero Julián se encargó de todo. Dejó sus quehaceres, se deshizo de ella, me sostuvo, y permaneció conmigo hasta que se me pasó la borrachera. Luego, me llevó al puerto, para que me diera el aire. Se pasó todo el trayecto repitiendo: «Ciendones, lo primero que debes hacer es aprender a beber». Ciendones es mi apellido y es la forma que tiene Julián de llamarme desde la época del instituto, nunca he conseguido que me llame por mi nombre. Recuerdo que, entre balbuceos, le dije: «Jabo, mi nombre es Jabo». Pero no me importaba, tenía a Julián a mi lado, lo tenía. En el puerto, sentados en uno de los bancos del paseo, nos dedicamos a hacer planes. Julián dijo que se compraría un yate, uno igual a cualquiera de aquellos que se balanceaban delante de nosotros. Yo dije que yo también. Julián añadió: «Mejor dos yates, ¿no crees?». Asentí, estaba por completo de acuerdo, es mejor tener siempre dos de cada, por si uno se estropea. Ambos coincidíamos en todo. Formábamos equipo, un gran equipo.

Voy al mueble bar, me sirvo otro malta, y regreso a mi sitio, agarro el rifle y apunto. Me fijo en un coche aparcado justo enfrente de la casa de Julián, al otro lado de la calle. Es un coche gris plata, cuatro puertas, con el sol centelleando en el parabrisas. El ruido de un chapuzón, unas risas y cambio de objetivo. Es en casa de los Marsalis. Acerco la imagen y recorro la villa. La casa, el garaje, la piscina. Ahí están. Son las chicas Marsalis con unos amigos. Uno de ellos, vestido con unas bermudas gigantescas, está haciendo el payaso en el trampolín. Veo sus gestos, ahora me tiro, ahora no. Desde el agua, una de ellas le anima, abre los brazos como si su intención fuera acogerlo, pero el tipo niega con la cabeza. Entonces la chica desaparece bajo el agua, un instante, y reaparece dando un salto hasta agarrarse al borde del trampolín. El payaso pierde el equilibrio de forma teatrera, se cae, y la chica, en un mar de alborozo, se lanza en pos de él. Los de fuera les jalean medio aburridos. Un rato y ambos acaban entrelazados junto a los escalones de obra. Aparece otro sujeto con idénticas bermudas, toma carrerilla y salta al agua armando un torbellino de mil demonios. A continuación, vienen los demás. La mayor de las Marsalis no hace caso, se tiende en la hamaca, la piel brillante, embadurnada de aceite. Casi puedo percibir el olor, lo imagino de coco. Aumento el *zoom* y fijo la mira en su rostro. Voy bajando. Al llegar a su cintura, me detengo. Cabeceo. El vientre plano, terso, con el triángulo del tanga ligeramente entreabierto. La mujer levanta una pierna, la encoge, y se rasca detrás del muslo. Apunto de nuevo. Sigo la línea más abajo de la cintura, llego hasta los pies y vuelvo a subir. Me detengo en uno de los senos, ahora en el otro, y cuando enmarco su rostro, abre la boca, se incorpora de un salto y desaparece de la mira. La enfoco otra vez. Uno de los payasos le ha hecho la broma de turno y ella le lanza los improperios de rigor. Procuro no perderla de vista, los movimientos, los temblores, el pliegue del tanga. El pesado insiste y ambos se enzarzan en un tira y afloja. Aprovecho y apunto a la entrepierna de ella, de espaldas, por debajo de la tira elástica, por los lados. La piel, los músculos jóvenes. Ella grita, está harta del juego imbécil. El pesado repite y veo que ella gesticula hacia la piscina, hacia la casa y a la puerta de la calle. El pesado da media vuelta y se lanza al agua en perfecta zambullida. La chica Marsalis, por fin sola, se reajusta la cinturilla del tanga, la sube, hace un gesto peculiar con las piernas para acomodarla por debajo y de nuevo se recuesta en la hamaca. Cierra los ojos. El pecho, la respiración agitada. Cada día desaparecen tres especies del planeta, especies válidas, y nadie, nada, hace el favor de eliminar a la que tengo en la mira telescópica. «Alguien debería acabar con esa de una vez por todas», oigo que me digo, que me recuerdo las posibilidades. Es una buena idea, es genial, pero ya estoy acostumbrado. Siempre se me ocurren unas ideas cojonudas cuando bebo. Inclino el rifle, lo apoyo en una de las rodillas, y me enjugo el sudor que cae sobre los ojos. Los cierro. No tengo calor, no hace calor. Respiro hondo, me relajo. Ellas, las mujeres, con sus cuerpos a rastras, solo significan una cosa para mí: desconfianza, problemas, amenaza. Son tres las cosas, pero todas vienen a decir lo mismo: inquietud. Aunque no siempre, no soy un misógino. Con las que me han utilizado, no. Con esas las cosas estaban claras: nada importaba un comino. La relación era sencilla, lo habitual. Tratar de agradarlas, de ejecutar con nota lo que se esperaban y saber dosificar cuatro frases hechas. De ellas dependía lo que querían y lo que no, el cómo, el cuándo y el cuánto. La pega era la risa, la mía. El tonillo de superioridad, las formas agresivas, las convulsiones extrañas, eran lo suyo. Eso sí me hacía gracia. Los gemidos, los rostros estirados, la gama de emociones. Solía observarlas mientras ejercía, era casi lo único reconfortante, y cuando les llegaba el asunto, me entraba la risa. A veces, me entretenía tapándome y destapándome los oídos en pleno clímax. Nunca he creído haber estado haciendo nada malo, es más, nunca detuve mis vaivenes hasta que ellas no llegaron a su término, eso hubiera sido una auténtica cabronada por mi parte. Me limitaba a operar de manera efectiva y punto. Los problemas aparecían cuando me daba la risa. Entonces sobrevenía el enfado, las culpas, el olvido de mi final y todo lo demás. No sé, Mónica, Tina, Rosa, Vicky, casi todas las mujeres creyeron que me reía de ellas y no era así, ni mucho menos. La risa era por la forma. Esa forma siempre me ha hecho ir de cabeza, ¡es risible! Me obliga a morderme los labios y a concentrarme en otra cosa. Enciendo un cigarrillo, doy un sorbo de malta y se presentan los recuerdos de plástico. Los dejo venir. Pienso en ellos un rato, y cuando me canso, abro los ojos y los despejo.

Apunto y veo a Gabino Matamala, el vecino de la villa de al lado, caminar por el jardín. Va hablando solo, con la cabeza inclinada hacia los aspersores del riego. Parece enfadado. Se rasca la cabeza, la nuca, como si no lograra entender algo y, a continuación, se recoloca la gorra de capitán ajustándola por la visera y tira de ella hacia abajo. El ancla bordada en la frente destella con un brillo dorado. Da unos pasos cortos alrededor de una de las tomas de riego, se arrodilla delante, extrae un pequeño destornillador del bolsillo trasero del pantalón y comienza a limpiar de hierbas el entorno del pivote. Le veo respirar con dificultad, maldecir por lo bajo. Gabino Matamala, como el resto del vecindario, es un hombre adinerado. Cuando nos mudamos a casa de Julián, un par de días después, estuvimos hablando por encima de los setos. Me explicó lo de sus fábricas de muebles, lo de su jubilación y lo de que las cosas ya no son lo que eran. Su tema preferido era los hijos, los suyos, y se despachó a gusto. Que si sus hijos no valen para el negocio, que si no lo llevan en la sangre, que sin él no serían nada. Vive con su mujer, Irene, una anciana de porte elegante y estirado, con el pelo blanco y los ojos indiferentes detrás de unas gafas de fina montura plateada a juego con sus cabellos. Gabino Matamala considera a Julián un joven emprendedor. «Tiene el don, usted ya me entiende», me dijo. Me fijé en las bolsas de sus ojos y en que me hablaba de usted. El viejo añadió que esto era lo más importante en los tiempos en que vivimos y me animó el oírle hablar así. Decidí contarle mi amistad con Julián, lo de que éramos como hermanos, y aproveché para preguntarle por trabajo. Se encogió de hombros. Dijo: «Hable usted con mis hijos, ellos son los que mandan ahora, yo ya no pinto nada». Intenté leer en su expresión, pero esquivó mi mirada. Cuando se lo expliqué a Mara, ella me dijo que no le gustaban este tipo de vecinos. Dijo que no eran de su clase. En concreto, dijo: «No son de nuestra clase». No acabé de entenderlo. Ella especificó: «No son como nosotros». Me quedé igual que antes, no sé qué rayos pretendía decir con eso. Gabino continúa hablando solo. Se incorpora y mira hacia el suelo, hacia la hierba, y sigue la fila de los pivotes enterrados del riego. Le veo hacer un gesto de fastidio, acercarse al siguiente y repetir la operación sin dejar de hablar consigo mismo.

Suelto el rifle y bajo a escucharle.

Al llegar a su altura, carraspeo, me oye, se incorpora y me saluda con la mano por encima de los setos. Me anima a entrar en su jardín, me ofrece un té helado y se pone a vocear el nombre de Irene. A continuación, me dice: «Nada funciona ya como es debido». Sonrío sin saber qué decir mientras me dirijo a la verja, salgo a la calle, y entro en su villa. Pienso en Julián, en su don, en lo importante que es en los tiempos que corren y en cómo sería si yo también lo tuviera. De repente se me ocurre y, cuando llego donde Gabino Matamala, digo: «En efecto, ya nada funciona como es debido». Los ojos se le iluminan, veo que sonríe y entonces me doy cuenta de que he acertado. Acepto el té, lo hago de forma educada, y cuando Gabino propone añadirle algo más fuerte, digo: «Es una magnífica idea». Estoy inspirado.

Me pregunta por Mara, por el bebé, y yo contesto que bien, pero no le cuento que es una niña. «Debes de estar satisfecho —me dice—, ser padre es un gran momento.» Noto que pasa a tutearme, pero no me importa, es lo que sucede cuando pides trabajo. Me limito a asentir en silencio, yo hubiera utilizado otras palabras, pero tampoco estoy muy seguro. Comienza a hablar de sus hijos, de los tres, tres varones ya mayores, todos trabajando en el negocio que, me recuerda, me repite, él creó de la nada. De reojo, observo a su mujer. Sirve el té helado en unos vasos altos, los cubitos de hielo tintineando, procurando no derramar ni una gota. Deja la jarra en una de las mesas del porche. Me fijo en sus manos, en las manchas oscuras de la piel del dorso. Es una piel arrugada, oscura. Me resulta extraña. Siento un escalofrío y, cuando Gabino vierte el whisky, oigo que dice: «A mí me gusta fuerte». Opino lo mismo, se lo digo, y él sentencia: «Como tiene que ser». No consigo separar los ojos de esas manos. «Vinieron unos amigos de Julián, preguntaban por él», me cuenta Gabino. «Les dije que era al lado, en la casa de al lado». No sé de qué me habla, nadie ha aparecido preguntando por Julián. «Querían darle una sorpresa, es lo que me dijeron», continúa explicando. Sonríe al recordarlo, dice: «Les dije que no le iban a encontrar, que estaba de viaje, de vacaciones». Le imito y también sonrío. No lo entiendo. No le doy importancia. Le digo que su jardín es precioso y eso le alegra el día. Se pone a hablar de sus flores, del césped, baja la voz y, adoptando un aire de conspiración, añade: «Lo mejor son los tomates». Señala con la cabeza la parte de atrás de la casa. Miro hacia allí, veo un pequeño huerto, las cañas entrecruzadas de las tomateras, los surcos de la tierra. El huerto queda apartado, casi escondido por los setos y la vegetación de los arbustos. «Es mi tesoro», me susurra. Y me cuenta que la comunidad de Torres Blancas no admite huertos porque, según ellos, afean el conjunto residencial y disminuyen el valor de la propiedad. «Yo las reglas me las paso por el culo —suelta con vehemencia—, es mi tierra y con ella hago lo que quiero.» Vuelvo a mirar hacia la parte de atrás y lo que veo no me parece gran cosa, apenas unos pocos metros de tierra cultivada. «No te puedes imaginar el sabor que tienen.» Gabino cierra los ojos y se relame de gusto. Me habla de gramos de energía, de fuente de vida. Pasa a explicarme que cada mañana los va palpando uno a uno hasta escoger el que está a punto, y que les habla, y que les cuenta que no va a permitir que los arranquen. Está como ido y doy un sorbo al vaso lleno de cubitos. El whisky casi no se nota. Me sobra el hielo, el té, pero disimulo. Gabino continúa hablando un rato de su plantación secreta de tomates. Veo a su mujer entrar y salir varias veces de la casa. Nos observa, simula que ordena algo y desaparece. Poco después, repite la operación. En una de las ocasiones, la sorprendo y nos quedamos mirando. Ella esboza una sonrisa, yo no, y eso la pone nerviosa. Se lleva una de las manos a la frente y se peina un mechón de cabellos hasta dejarlo donde estaba. Sigo el movimiento que hace, sin poder apartar los ojos, hipnotizado por el color de esa mano que baja, que va al encuentro de la otra y que juntas, en un revoltijo de manchas, acaban en el regazo, apretadas, como si tuvieran el secreto deseo, o la necesidad, de desaparecer, y tan solo consiguieran el mutuo consuelo. Su marido me sigue contando sobre lechugas, coles y zanahorias. Al cabo, cuando empieza a hablar de perejil, le digo que Mara debe de estar preocupada por mi ausencia, le doy las gracias por el té, me despido y me voy.

Entro por la puerta de atrás, la del garaje, paso por debajo de la canasta de baloncesto. Me digo que no estaría mal hacer unos tiros y agarro la pelota, la hago botar, la lanzo. Lo vuelvo a repetir. Juego un rato pero sin esforzarme mucho. En ocasiones acierto; la mayor parte de las veces, no. Cuando comienzo a sudar, lo dejo y voy a la sala. Mara sale a mi encuentro. Dice: «Mira», y me lo enseña. Doy un paso atrás. Mara acaricia la piel del vientre, tiene los ojos brillantes. «Se está moviendo», me cuenta. «Sí», digo yo. Ella pregunta: «¿No le dices nada a tu hija?». El tono, la voz. Lo reconozco enseguida, es un reproche. Me señala como culpable. Mara pone cara de disgusto, tuerce la nariz, dice: «Has bebido». Da media vuelta, se dirige a las escaleras y desaparece. Camina bamboleándose, exagerando la nota, lo sé, la conozco bien. Todo ese teatro es para que yo me sienta mal. A ella no le gusta que beba, dice que me transformo en otro, y yo, por más que se lo explico, no consigo hacerle entender que ya soy otro, que el otro ya está aquí, que no hace falta que beba. Que no es necesario. Me cruzo de brazos, fijo la mirada en el suelo y procuro quedarme en blanco. Me esfuerzo por ignorar las voces interiores que me dicen, que me insisten, que tengo que solucionar eso, su actitud conmigo. «Acaba de una vez», me ordenan. Quieto, contengo la respiración y espero a que se callen. Un rato y presto atención. Intento escuchar alguna cosa más. No es nada, me digo. Arriba, en la planta de los dormitorios, suena un portazo. Voy al garaje para elegir un coche. Cuando se abre la puerta metálica creo oír el sonido del teléfono. Aguardo un instante. Mara grita: «¡Jabo!». Entro en el vehículo, extraigo la llave de la guantera, doy al contacto y salgo marcha atrás. «No es nada», me repito ahora en voz alta.

No voy a entretenerme hablando con Amancio, tengo prisa, cosas por hacer. Llego a su altura, levanto la mano, la agito, y el guarda me devuelve el saludo. Conduzco hacia la salida de Torres Blancas, atravieso la barrera y tomo por la derecha hacia Sarona. Al llegar al cruce me detengo, miro a un lado, miro al otro, y cuando veo el paso libre, doy un acelerón y me sumerjo en el tráfico de la carretera regional. Por el espejo retrovisor voy viendo las casas del pueblo que quedan atrás, el campanario de la iglesia, la torre de la escuela. Detengo el Saab en el semáforo y espero a que cambie de color. He escogido el Saab en esta ocasión, por probar. Normalmente utilizo el Civic para ir a la compra, para hacer los recados, es el más manejable por las estrechas calles del pueblo. El Audi no, es demasiado grande. Solo lo he cogido una vez, por aquello de no desentonar, y fue cuando tuve que ir al puerto para resolver unos asuntos de Julián. El Mitsubishi 4×4 es un vehículo fenomenal, una joya de la mecánica, pero es de conducción dura y no me apetece ir a trompicones. El Saab, en cambio, es la primera vez que lo utilizo. Esto me hace sentir bien. Doy un suave acelerón y compruebo el rugido del motor. Es magnífico; es un sonido rotundo, potente, de categoría. Dejo una mano en el volante, coloco la otra sobre el pomo del cambio y ladeo ligeramente la espalda adoptando la postura del propietario, como si el coche fuera mío. Veo una gente que me mira, que mira al vehículo, que nos mira a ambos y que nos admira. Dentro, con el aire acondicionado a toda marcha y un CD de Hooker en el reproductor, los observo como si estuviera instalado en una plataforma, desde arriba. Luz verde y arranco con suavidad, sin hacer apenas ruido, sin mover un músculo de la cara. Carretera arriba, enciendo un cigarrillo, exhalo el humo y no puedo evitar la sensación de superioridad. Me siento eufórico. Aprieto el acelerador, tomo la primera curva, una curva cerrada, y las ruedas chirrían sobre el caliente asfalto. Es divertido. Doy un rápido vistazo por el retrovisor. Nadie viene detrás.

Conocí a Mara una noche de Reyes en la puerta de Laduda, una discoteca de la parte alta de la ciudad. Nos habían hablado de una fiesta que podía estar bien y Julián y yo decidimos pasar a ver qué tal el ambiente. Fuera, lo de siempre, una multitud tratando de entrar, y Julián abriéndose paso conmigo pegado a los talones. Cuando el portero nos franqueó la entrada, noté que alguien se me enganchaba del brazo. Era Mara, quien, a su vez, arrastraba a un tipo alto y bien parecido. Entramos los cuatro y, casi al instante, Mara se desasió y, sin decir ni media palabra, dio la vuelta y se perdió entre el gentío. Me hizo gracia su desfachatez, se lo comenté a Julián y lo olvidamos. Fuimos a una de las barras dispuestos a pasarlo bien. Por entonces yo trabajaba de encargado en una empresa de armazones para lencería y tenía mi ático y un Dedra también de segunda mano. A Julián le faltaba medio curso para terminar la carrera —carrera que yo había abandonado hacía un par de años— y era a mí a quien le tocaba pagar las copas. En aquella época tenía posibilidades, muchas posibilidades. Tenía tiempo, tenía dinero, tenía ganas. Cambiamos de barra un par de veces y, en la última, tropecé con una chica, ambos derramamos las copas y ella resultó ser Mara. Hablamos, ella no me reconocía como el tipo de la entrada, y yo no me entretuve recordándoselo. La jugada salió bien, Mara iba bastante bebida y congeniamos en un abrir y cerrar de ojos. Me explicó su vida y no la interrumpí. Sin venir a cuento, me contó que mantenía una historia fea con el tipo bien parecido, que no sabía cómo cortarla y le propuse largarnos a otra parte. Ella dijo que a su casa y a mí me pareció de perlas. Su apartamento estaba en la zona baja, cerca del casco antiguo, justo encima de un fabricante de medallas y coleccionista de monedas. Subimos, nos servimos unas copas, nos pusimos cómodos, un poco de música. Fue bonito, raro, yo no quería nada físico y ella no sabía cómo actuar para conseguirlo. Estábamos en el sofá de la sala, nos miramos, ella se acercó y yo puse un brazo en su hombro para detenerla, le di un pequeño apretón y Mara dijo: «No eres real, no puedes ser real». Me puse a reír. Le dije: «Soy un monstruo». Entonces me contó la historia con el tipo bien parecido, lo de los golpes y todo lo demás. Dijo que iba a acabar con eso, que ya no lo podía soportar más y la creí. Un par de copas después, intercambiamos los números de teléfono, me dispuse a marcharme y ella insistió en que no la dejara sola. Hubo un poco de toqueteo, nada importante, lo justo. Señalé: «No voy a hacerlo». Discutimos, nos dijimos de todo como si nos conociéramos de toda la vida. La cosa no era lógica. Al final, ella dijo que no quería saber nada de un tipo como yo y salí del apartamento. Bajé a la calle, me oculté en el portal del fabricante de medallas y me dispuse a esperar.

Le vi entrar en la portería poco antes de amanecer. Era el tipo indeseable e iba borracho como una cuba. Tardó un par de horas en salir del edificio y los gritos se pudieron escuchar en todo el barrio. El tipo andaba con paso rápido, nervioso. Cruzó la calle, le seguí y me dediqué a observarle. No le vi nada de particular. Era un hombre atractivo, atlético, de calzado barato y buen gusto para las americanas. Me pareció un tipo mediocre, nada del otro mundo. Entró en un bar y pidió una copa. Luego otra. Su voz era un punto aguda, desentonaba con su aspecto. Me llevé una decepción, pero supe que yo tenía ventaja, que podría con él. Siempre he sabido reconocer estas cosas por el tono de voz. También pedí una copa, pero yo, solo una. Cuando salió a la calle, fui tras él y esperé a alejarnos lo suficiente. El momento oportuno. Sentí que había que hacerlo y lo hice, no le di más vueltas al asunto. Tenía una mala sensación. Era tan mala como cualquier sensación mala, de esas que te ponen realmente enfermo. La cosa es que lo hice y punto. Di un vistazo alrededor, aproveché que no había nadie en la calle, me puse a su altura, le di con el puño en medio de la cara, sobre la nariz, y se desplomó delante de mí. Me costó darme cuenta de lo que había hecho. Miré mi mano, la izquierda. Estaba enrojecida y comenzaba a hincharse. Recordé a Julián, lo de su nube roja, la nube que se volvía cada vez más tupida. Pero yo no la vi, no sentí nada en especial, nada en absoluto. No entendí el asunto. Sin embargo, imaginé las posibilidades y me dije que no había nada que estudiar. Era una cuestión automática, un mero mecanismo. Debía hacerlo. Era una forma de hacer historia, de afianzar los hechos hasta convertirlos en históricos. El primer desahogo, la primera venganza, la sangre primera. Algo que poder contar a los amigos, a una mujer antes de hacérselo, o a cualquiera entre frase y frase. Le pateé con ganas hasta perder la respiración. Acabé agotado. Di media vuelta y me alejé a toda prisa del cuerpo inmóvil. Necesitaba algo de cariño y desanduve el camino. Apreté el portero automático del piso de Mara y le dije que tenía que verla. Sorprendida por mi tono de voz, aceptó. Cuando subí, le hice el amor sobre el suelo del recibidor. La mano sangraba y ella me preguntó el porqué. Entonces la besé en la boca, el cuello, sobre los moretones. Le manché el sujetador de rojo. Luego, vino lo peor. Lloré. Se me escapó. Delante de ella, a su lado, debajo. No recuerdo en qué posición. Me largué corriendo, desaparecí. Más tarde no quise dormir, no pude. Vi las imágenes oscuras, la imagen de mi muerte. Y no es una tontería, pero vi otras imágenes de otras muertes. Una de ellas fue la de Mara. En aquellos instantes se me ocurrió que solo era una posibilidad entre un millón. Solo una.

Pongo el intermitente de la derecha, disminuyo la velocidad y tuerzo por el desvío que asciende hacia la casa. La carretera es mala, llena de curvas. Algunas son demasiado cerradas, imposibles de tomar sin reducir de marcha, pero como veo que está desierta, me permito el lujo de jugar con el cambio y voy dando acelerones. Me imagino que es una carrera, es entretenido. Salgo disparado, subo por un repecho, invado el carril contrario y trazo la curva a toda velocidad. La carretera se vuelve, por unos momentos, irregular. Va subiendo y de pronto, un tramo que desciende, una curva cerrada, otro pequeño repecho y de nuevo una leve bajada. El firme no es bueno, hay trozos en que el asfalto ha saltado y otros en que se abomba a causa de las raíces de los árboles. Además, los arcenes casi han desaparecido por culpa de las inundaciones del último invierno. A medida que asciendo, aumenta la vegetación, más pinos a ambos lados, cada vez más verde, y a la vez que avanzo, me entra la sensación de vértigo. Veo el mar allá abajo, al fondo, y no quiero mirar. Siento la atracción del accidente, la posibilidad del error en uno de los giros, los tumbos de la caída. Reduzco la marcha y trazo las curvas poco a poco. Me horroriza la idea del amasijo de hierros. El dolor, la sangre.

Continúo ascendiendo. La casa es la última de todas, la más alejada, aunque lo va a ser por poco tiempo. Algún loco se dispone a construir una algo más arriba. No entiendo las ganas que tiene la gente de complicarse tanto la vida. Está loca, la gente está loca de atar. Las máquinas ya han desbrozado de árboles la parcela. Cuando lo hicieron, fui con Goyo a verlo y el espectáculo nos dejó de una pieza. Fue odioso, triste, nunca me lo hubiera imaginado. Goyo iba con un par de cajas de San Miguel y durante la actuación fuimos acabando con ellas. Pero no pudimos resistir hasta el final. Era algo que dolía y nos largamos antes de que terminaran. Goyo es nuestro vecino y, además, es un artista, un pintor. Se gana la vida pintando paredes, pero lo suyo son los cuadros. Pinta bien, es lo que creo —Mara dice que no, pero ella siempre dice que no—, aunque en mi opinión, se repite. Siempre pinta lo mismo, la misma imagen. Una señora inmensa, vista desde diferentes perspectivas, de la que brota de todo, manos, bocas en perpetua negación, ojos cerrados, mares de odio. Cuando se lo digo, Goyo se pone a reír, dice que soy el único que ve a la señora, que no hay ninguna señora, que eso son imaginaciones mías y que no hay señora que valga. A continuación se pone muy serio y dice: «Yo no veo lo que pinto, no lo consigo». Goyo es una buena persona, un poco chalado, pero eso es normal. Siempre me invita a cerveza. Y cuando hablamos, nos entendemos.

Ya falta poco y me lo tomo con calma. El último tramo es el peor. Hasta aquí es fácil, es cuestión de seguir el carril, las líneas blancas. Entonces desaparece el asfalto, ya no hay indicadores ni flechas ni señales, y el camino se vuelve de tierra. Era un viaje y de repente, no es ninguna parte, no es nada, y aguardas, inseguro, hasta averiguar adónde te lleva. Es lo que sentí cuando llegamos la primera vez y, siempre que hago el mismo camino, se repite, se reaviva la sensación de ir a tientas, a ciegas. De fin de trayecto. Reduzco, sujeto el volante con precaución y avanzo dando botes mientras levanto tras de mí una polvareda de mil demonios. La gravilla golpea los bajos del Saab, suena como disparos, pero no es nada, es solo un ruido, el último antes de llegar. Detengo el coche, apago el contacto y las nubes de polvo me avanzan, me rodean por todos los lados. Esperaré hasta que se desvanezcan.

Seis meses después de conocer a Mara me habló de vivir juntos. A mí me pareció una buena idea y me mudé a su apartamento sobre la tienda del coleccionista de monedas. Era más grande y confortable que el mío, pero la zona era peor. Al principio me esforcé en conseguir emocionarla, creí que era mi obligación. Por entonces no tenía demasiada experiencia. Un día me dijo que las cosas no funcionaban, que la relación era muy artificial, que le sonaba a hueco todo el asunto. Pensé que era una excusa bastante tonta. De hecho, yo pensaba algo muy similar. Había dejado lo de los armazones y trabajaba de noche en una fábrica de sanitarios controlando presiones, temperaturas y cosas por el estilo. Era un trabajo sencillo. Ya por esa época tenía dificultades con el sueño y me pareció una buena idea trabajar durante las horas de insomnio. Era como convertir en rentables unas horas perdidas. La parte negativa fue que Mara y yo casi no nos veíamos, no pasábamos tiempo juntos. Entonces puse en práctica la idea de comunicarme con ella por medio de notas que iba dejando por toda la casa, en el baño, sobre la mesa de la cocina, encima del televisor de la sala. En ellas le contaba mis cosas, reflexiones, anécdotas del trabajo, algunas ocurrencias, cosas así. Nunca le hablé de mis sentimientos. Tampoco estaba seguro de saber cuáles eran. Nuestra relación era más bien fría, cada uno iba por su lado, haciendo su vida. Las notas eran nuestro único punto en común. Luego, al día siguiente, me dedicaba a recogerlas y las iba metiendo en mi caja de las cosas importantes. Eran mías, me pertenecían.

Una mañana, al volver del trabajo, la encontré en la cocina. Estaba sentada, esperándome, con el desayuno-cena preparado. Yo no tenía nada de apetito, pero al ver su cara, decidí sentarme y, al menos, tomar el café. Mara respiró hondo, carraspeó un par de veces. Dijo que la vida era así y que me lo tomara con calma, que las sorpresas desagradables no tenían más importancia, que había que olvidarlo y continuar adelante. Yo no dije nada, no sabía qué decir. Mara, nerviosa, derramó el café varias veces sobre el mantel de la mesa. Yo estaba muy cansado. Continuó hablando. No presté atención. Al rato, Mara se detuvo. Apretó los labios y dijo: «Parece que no te importa». Dije que ella me importaba, lo dije sin pensar, y ella lo puso en duda, no me creyó. Era la primera vez que yo pronunciaba algo semejante y no era tomado en serio. Me pareció injusto. Salió de la cocina y fue a vestirse al dormitorio. Corrí tras ella e insistí: «Me importas, es verdad, tienes que creerme». Mara comenzó a tomarme en serio después de cambiarse de vestido en cuatro ocasiones. Cada vez estaba más bonita. Al final la desnudé, lo hicimos y me aceptó. Esta fue la primera vez que alguien —alguien que no fuera Julián— creyó en mí. No era verdad, pero me creyó. Fue emocionante, de veras.

Dejé mi trabajo nocturno, las notas escritas. Encontré empleo como contable en una empresa de mudanzas y las cosas mejoraron. Fue una época muy grata. Teníamos el mismo horario, salíamos a cenar a los restaurantes de moda, bebíamos juntos y alguna que otra noche hicimos locuras después de pillar una buena. Todavía era capaz de dominar el alcohol. Entonces estallaron los conflictos con los míos, volvieron las palabras nocivas y, con ellas, regresaron los sueños antiguos. Comencé a pasarme las noches en vela, a beber más de la cuenta, a escribir demasiadas páginas para la caja de las cosas importantes, y el asunto se me fue de las manos. No supe cómo variar la inercia de las cosas. Solo sabía que tenía que hacer algo, lo que fuese. Y lo que hice, la idea genial, fue decirle a Mara que nos casáramos. Fui y la desperté en plena madrugada. Ella iba vestida con uno de mis pijamas y, como siempre, dormía ocupando mi sitio en la cama. La noté más tibia que de costumbre y reconocí en eso una buena señal. Le dije: «Tengo algo que contarte, no sé si te gustará, pero considero que es una buena idea. Casémonos, quiero hacerlo, en serio, no sé cómo ha sucedido, pero ha sucedido, ¿lo entiendes?». No me pareció considerado contarle lo de mis temores de que algo malo, algo inminente, iba a suceder. Ni lo de mis sueños, ni que en ellos veía cosas terribles que le ocurrían a ella precisamente. Permanecí en silencio. Ella se incorporó, acercó su cara y me olió el aliento. Dijo: «Ya estás bebido». Continué callado, no tenía sentido replicar. «¿No dices nada?», me preguntó. Me encogí de hombros. Dije: «Bueno, si no quieres». Me fui a la sala y encendí el televisor. Al poco, ella apareció y se sentó a mi lado, en el suelo. Apoyó la cabeza sobre mis piernas y dijo que a ella le parecía bien si a mí me lo parecía. Me puse a acariciarle el cabello mientras pensaba en el futuro, en mi madre, en aquello en lo que Mara se podría convertir, en las cosas que habría que evitar. Dije que sí y Mara se levantó, fue a la cocina y regresó con una botella de tequila y dos vasos. Dijo: «No hay otra cosa para brindar». Se reía contenta. Empezó a hablar de los detalles de la boda, de los invitados, del vestido. Me hizo gracia verla tan ilusionada, estaba como nunca la había visto. Las cosas tenían sentido para ella. Le dije que iba a hacer una llamada. Ella preguntó: «¿A tus padres?». Asentí en silencio y Mara se fue al dormitorio y me dejó solo. Cogí el teléfono, marqué el número de Julián. Estaba impaciente por contarle la gran noticia, no podía esperar más. Hablé con él en voz baja. Julián estaba con una amiga, pero no le importó que le interrumpiera. Se lo conté, se puso como loco y dijo que había que celebrarlo. Quedamos en vernos, en que yo pasase por su casa. Dijo: «No tardes, te preparo una sorpresa». Le di una excusa a

Mara, una cualquiera: que estaba muy nervioso y que tenía que salir a la calle. Ella me miró, temí que se fuera a oponer, pero no dijo nada. De todas formas, se olió algo porque a la vuelta me sometió a un interrogatorio y tuvimos el primer encontronazo. Dijo que Julián siempre estaba por delante de ella. Que Julián, siempre Julián. Que yo prefería estar con él. Pero eso sucedió después. Salí a la calle y fui a casa de Julián. Nada más llegar me dio un abrazo, dijo que se alegraba por mí. Hizo que nos abrazáramos los tres, la chica y nosotros dos, y nos estrechó. Entonces noté la mano de Julián agarrar la mía y colocarla en el culo de su amiga. Me guiñó un ojo, sostuvo mi mano, me animaba a seguir. Yo me resistí al principio, no sé, me sentía incómodo, pero él insistió, quería que nos enrolláramos. La muchacha no puso reparos y los tres nos desnudamos. Comencé a jugar con ella, pero enseguida vi que prefería a Julián. Él se obstinó. Yo les dije que iba a preparar unas copas y le cedí el sitio. Al volver a la sala los encontré en plena faena. No quise interrumpirlos. Con sigilo, tomé asiento en uno de los sillones y me dispuse a observarlos. Julián estuvo magnífico. Las posturas, los gestos, las palabras al oído. Sabe cómo manejar las cosas, dirigiendo, mandando. Aproveché ese momento para pensar en lo que quería hacer con mi vida.

Salgo del Saab y el bochorno me golpea con saña. Es lo malo que tiene el calor, te hace odiar el sol. Esperas todo el día a que se apague y cuando por fin anochece, y el calor no amaina sino levemente, maldices y ansías que el verano se acabe de una vez. En invierno sucede lo mismo, pero entonces es con el frío. Hago visera con la mano, la pongo en la frente, encima de los ojos, y observo la línea del horizonte. No hay ni una nube en el cielo. Allá al fondo, un par de embarcaciones de recreo flotan estáticas sobre el espejo irisado de azul. Tengo la tentación de secarme el sudor, pero me contengo. Doy media vuelta y camino por el sendero de losetas que sube hasta la casa, por entre la arboleda. Algunas faltan, otras se han levantado y bailan al apoyar el pie; la mayoría están ocultas bajo los grumos de pinaza. Voy con calma, lentamente, sin prisa. Todo aquí tiene el mismo marchamo inacabado, temporal, como si hubiera sido construido de cualquier manera. Lo veo lógico. La gente capaz de vivir aquí no puede estar bien de la cabeza, esto es el fin del mundo. La gente de este tipo, la gente como nosotros, no es demasiado exigente con los acabados.

Pierdo el aliento poco antes de terminar la subida. Cuando llego a la casa, me apoyo en uno de los postes que soportan el entramado que sostiene las glicinas. El zumbido de las cigarras, el canto de algún pájaro. El resto es silencio, un silencio que oprime. Cierro los ojos, me digo: esto no es manera de vivir. Un instante y los abro. Entonces veo el mismo paraje desolador. La pila de ladrillos junto al montón de troncos, el ramaje para encender la chimenea, las tejas sobrantes al lado de un amasijo de hierros, los botes de pintura semivacíos, los trastos inútiles por todas partes, la tierra desgajada, en surcos, por las lluvias. Aprieto los labios. Al principio me alegró tener cosas por hacer; es más, eso me animó. Hoy me desconcierta. Tanto trabajo me sobrepasa, no hay forma. Enciendo un cigarrillo y espero, como si con ello, por entre las volutas de humo, pudiera lograr que desaparezca tanta ruina, tanto despojo. Por favor, me digo, que se asemeje en algo a la casa de Julián. Vuelvo a cerrar los ojos a sabiendas de que no va a suceder. En efecto, cuando los abro, todo sigue igual, el mismo abandono. Una procesionaria, una fila de ellas, se acercan babeando sobre las baldosas de la terraza. Veo los rastros gelatinosos que dejan, la huella sucia, el suelo lleno de huellas sucias. Les doy varios puntapiés y las mando contra los pinos. Esta es mi casa. Es lo único que tengo. Me importan una mierda la vista, los árboles, el silencio. Es lo único que tengo.

Poco tiempo después de casarnos perdí el empleo y no hubo más remedio que hablar seriamente con Mara. Había que replantear las cosas. Yo estaba convencido de que era la ciudad, la maldita ciudad, la causante de todos mis problemas. La ciudad y sus habitantes. Mara opinaba algo parecido, ella decía que lo mejor para mí era alejarnos de todo aquello que me afectaba tanto, que había que huir de mi familia, abandonarlo todo y reiniciar la vida en otra parte. Solo ponía como condición que fuera cerca del mar. Me gustó que ella coincidiera conmigo, fue muy hermoso. En ningún momento sospeché sus verdaderas razones, no quería pensar en ello, no quería pensar en nada. Hablé con Julián y nos dedicamos a buscar casa. Necesitaba hacer algo, estar ocupado hasta volver a encontrar trabajo. Pero los sueños oscuros continuaron. Había uno en el que Mara aparecía convirtiéndose en alguien extraño, en otro ser por completo diferente que crecía y crecía hasta volverse irreconocible, algo bestial, inmenso. Ella se resistía con ambigua resistencia y sin sucumbir, sucumbía. Luego sobrevenía el desastre y yo me despertaba, agarraba papel y lápiz y escribía lo que había visto. Tenía que hacerlo, debía quitármelo de la cabeza y ponerlo en una cuartilla y guardarlo en la caja, bien escondido, lejos de mí.

Encontramos la casa de Sarona, nos mudamos, ella dijo que me amaba y yo comencé con los arreglos. Por el momento no había trabajo, pero Julián me repitió que no me preocupase, que más adelante él se encargaría. Le hice caso y me lo quité de la cabeza. Tenía claro que las imágenes de mis sueños eran reflejo de mi inseguridad, porque si no, ¿en qué me había convertido? Lo dejé estar. Cuando la casa empezó a parecer una casa, Mara me dijo que bueno, que ya estaba bien de vivir de una manera tan inestable, que ya era hora de tomarnos la vida en serio, que basta de perder el tiempo. Las responsabilidades. Yo dije a todo que sí. Mara dijo: «Quiero tener un bebé, ser madre, siempre lo he querido». Yo me negué en redondo, le dije que no lo soportaría, que todo menos eso. Ella me miró sonriendo, victoriosa, y anunció: «Demasiado tarde, estoy embarazada». Esa noche comenzaron las lluvias torrenciales. Y cuando llegaron, pensé: «Ya está, ahora va a suceder». Pero no, no sucedió nada. Nosotros tuvimos suerte. El agua corrió a mares por los costados de la casa, la sorteó y, en su caída, al incrementar su velocidad, fue arrasando todo lo que encontró a su paso ladera abajo. Mis problemas con el insomnio aumentaron. Mientras, el vientre de Mara creciendo. El asunto era ya imparable y pronto se iba a convertir en madre. Los sueños, los malos sueños, arreciaron. Y con ellos, las páginas escritas. Cuando poco antes de comenzar el verano las cañerías reventaron, me dije: «Ahora sí, ahora ocurrirá». Pero tampoco. Solo fue eso, nada importante, apenas la molestia de un nuevo traslado a casa de Julián. Mi cabeza daba vueltas, ya no funcionaba ni mi intuición siquiera. No supe qué pensar.

Entro en la casa por la cocina, dejo la puerta abierta y voy raudo abriendo el resto de las puertas y ventanas. En el dormitorio tropiezo con una de las esquinas de la cama y me doy en la espinilla. Suelto un alarido. Veo las estrellas, me agarro la pierna y me dejo caer sobre el colchón apretando los dientes. Solo me faltaba esto. Observo la pierna y veo la piel levantada y una rojez enmarcando una gota de sangre. Se me ocurre poner la pierna bajo el teléfono de la ducha pero el olor del aire me recuerda que el agua está cortada a causa del reventón. Toda la casa huele a lo mismo, a podrido, a agua estancada. No es nada, me digo. El dolor remite y me incorporo. Doy un paso cojeando, doy otro más. Llego a la conclusión de que no es para tanto y camino normal mientras acabo de abrir las ventanas. La del baño se resiste, forcejeo sin conseguirlo y la dejo en paz. Voy a la sala. Del techo cuelga la lámpara con el cable deshilachado dando vueltas alrededor de una de las vigas de madera. La mesa, tres sillas, una cómoda, dos sillones en bastante buen estado y un sofá cama con los muelles rotos componen el mobiliario. En una de las paredes, dos cuadros amarilleados dan la nota de color, uno a cada lado de la chimenea, y en el otro extremo, sobre un aparador calzado en una de sus patas por una hoja de periódico doblada en un pegote, está el televisor de segunda mano, la radio y un jarrón de barro en que se lee: XV ANIVERSARIO. COMIDAS LA BUENA ESPERANZA. Hago una mueca. Esa inscripción siempre me ha molestado, lo de *buena* me sobra, no es necesario. Yo sé que no existe la esperanza mala. Si fuera por mí ya estaría roto en mil pedazos, pero Mara cree que ese jarrón nos dará buena suerte y sobre eso no discuto. Leo la fecha, 1959, y no deja de maravillarme que dure tanto. La casa se cae a trozos pero el jarrón permanece. Se lo tengo que contar a Julián, es chocante. Salgo a la terraza, me apoyo en la baranda y enciendo un cigarrillo. Mientras se ventila la casa me dedico a escuchar el bosque de pinos que la rodea. Con el humo, me digo, me repito, que esto es mío. Bueno, nuestro. Que es lo único.

Estuvimos bien los primeros dos meses. Una cosa así. Luego, el embarazo fue patente. Le crecieron los pechos, el vientre comenzó a abultarse y Mara empezó a recordarme a una madre. Ese fue el motivo de nuestras discusiones. Para mí no tenía importancia, el sexo es un asunto que no me trae de cabeza como a otros, pero a Mara sí le importó. «Ya no te soy atractiva», me decía. Y claro, algo de verdad había en eso, pero no era la verdadera razón, había otra más poderosa. Intenté convencerla. Le dije: «Mara, te lo juro, eres atractiva para mí». Ella no acababa de creerlo. Preguntaba: «¿Entonces?». No lo entendía. Probó de excitarme, lo probó de veras, puso verdadero empeño. Me ponía incómodo con tanto afán. Ella dijo: «Solo quiero que tengas un comportamiento normal». Persistí con mis argumentos, con las excusas. Trataba de hacérselo ver, que no le diera importancia a ese pequeño detalle. «No es un detalle pequeño», gritaba histérica. Entonces me tocaba a mí calmarla. «Eres un ser vengativo —me decía mordiendo las palabras—, me hieres con eso.» Tuve que dormir varias noches en el sofá de la sala hasta que ella cambió de estrategia. Comenzó a decir que yo no era normal, que un hombre no funcionaba así, que ella lo sabía. «No podrás aguantar nueve meses sin hacerlo», profetizó. Yo me encogía de hombros y seguí durmiendo en la sala. Luego vino lo de acusarme de ir con otras. Irrumpía en la sala en plena noche, se interponía entre el televisor y yo, y, con los brazos en jarras, me decía: «Dímelo, prefiero saberlo por ti, ¿es alguna de mis amigas?». Yo lo negaba tajante, sin alterarme, y eso la enfurecía todavía más. Me hice el ofendido y nada, no hubo forma de hacerla desistir de sus sospechas. Así hasta que ella abandonó la idea. No sé por qué lo hizo, es un tema del que no hemos vuelto a hablar, pero lo dejó de repente. He leído algo sobre esto en revistas y parece que suelen ocurrir estas cosas. No sé. El tema fue apartado y, a cambio, fue sustituido por el de las vitaminas, el hierro, la alimentación para el bebé y la lista interminable de artículos que íbamos a necesitar de ahora en adelante. Sé que a Mara nunca le importó de veras el motivo, esto lo sé. Era un asunto de sensibilidad. No es tan complicado, lo puede entender cualquiera, solo hay que ser sensible. Pero ella, no. Venga a insistir. Nada más pensarlo me entran arcadas. Es una idea sucia, una aberración. Da asco. No creo que nadie pueda hacerlo, es una barbaridad, con una madre. A partir de entonces, vivir aquí ya no fue lo mismo. Las cosas se enfriaron. No sé si fue una buena idea salir de la ciudad. Aquí estás solo, casi no hay vecinos, no hay ruido. Me refiero a que no hay nadie detrás de la pared de la sala, eso es lo que quiero decir. Esto no puede ser nada bueno.

Entro en el dormitorio por la puerta de la terraza. Voy hacia los armarios, los abro. Revuelvo la ropa hasta encontrar lo que Mara me ha encargado. Separo la de invierno y a medida que la encuentro, la voy tirando sobre la cama. Las camisetas, un par de vestidos, unas playeras. Dudo con el cajón de la ropa interior, no sé cuál escoger y lo vuelco entero. Lo llevaré todo y que ella elija. Un par de bragas caen al suelo y las recojo. Una es negra, la otra también. Me recuerdan la época feliz, los buenos tiempos, las posturas y todo el resto, lo que venía a continuación. Respiro hondo. Es una lástima. Las lanzo junto al resto de la ropa. En el baño hago acopio de todo lo que veo que se parece a maquillaje. Y lo que no lo parece también lo voy metiendo dentro de una bolsa de plástico. Al volver al dormitorio lanzo la bolsa sobre la cama, rebota, y el contenido se esparce. Está claro que hoy no es mi día. Es por el calor, atonta. En la sala busco la agenda de Mara, abro los cajones de la cómoda, miro en la repisa de la chimenea, en el aparador, detrás de unos periódicos, la encuentro. No me explico qué hace ahí, ese no es sitio para una agenda y Mara no es una mujer desordenada. Al retirarla, arrastro conmigo los periódicos que caen al suelo y dejan al descubierto las revistas que ocultaban debajo. Con solo echar un vistazo reconozco que se trata de mis revistas, las porno. Fue una tontería. Compré una por curiosidad, luego otra, y otra. Pero hace ya tiempo de esto. Me di cuenta de que era algo a lo que te enganchabas y yo ya tenía bastante con el alcohol. Ahora lo entiendo, está claro. La agenda, las revistas. Mara lo sabe, debió de descubrirlas. Es su forma de decirme que se lo explica todo. Perfecto. Ahora creerá que soy un onanista redomado. Da igual, es mi mujer. Ordeno los periódicos, formo una pila y los saco fuera de la casa. Los amontono junto a la puerta de la cocina para no olvidarme de tirarlos al contenedor de basura. Repito la operación con las revistas, las entremeto por los diarios. Pero antes, como despedida, abro una de ellas, doy una ojeada y las imágenes que veo me hacen pasar las páginas con celeridad. Miro por encima del hombro por si alguien me está observando. Soy tonto, aquí no hay nadie. No sé el porqué, pero siento que hago algo malo. Vuelvo a repasar las imágenes, ahora con más calma. Son tan explícitas, lo que da de sí el cuerpo humano. Las posibilidades. Respiro hondo, no aparto los ojos de una en concreto. Entro en casa, voy al dormitorio, aparto las cosas de la cama y me acuesto. Es la sangre la que se acelera, no yo. Me alivio, acabo enseguida. Ha sido rápido, ha pasado mucho tiempo desde la última vez. Descanso. Enciendo un cigarrillo y acompaso la respiración. Es una bobada, maldita sea, no tiene sentido. Doy otro vistazo a la imagen de la revista y, la verdad, no es tan excitante. Es más, casi diría que es repulsiva. No entiendo que alguien se dedique a comerciar con estas porquerías. La expresión de las caras es fingida, no es real. La otra, la verdadera, yo lo sé, es ridícula. Doy una última calada y apago el cigarrillo sobre el rostro sonriente y complacido de la mujer, justo en los ojos, en los dos. Era una mirada inquietante, me miraba a mí. Rodeada de tipos y me miraba a mí. Es una zorra.

Reclino la cabeza. Noto la sensación del sueño que llega, que me invade, que me tienta a cerrar los ojos y dormir un instante. Así, quieto, tengo la impresión de que entra una ligera brisa por la puerta de la terraza que enfría el sudor de mi piel. Es agradable, parece una caricia. Esto me recuerda a las mujeres de carne y hueso y abro los ojos, me incorporo y enciendo otro cigarrillo. Sentado en la cama me pregunto qué estoy haciendo aquí, qué he estado haciendo todo este tiempo.

Recojo las cosas, voy a la sala y comienzo a cerrar puertas y ventanas. Al girarme, veo a Goyo. Alarga el cuello tratando de vislumbrar algo desde el sendero de losetas. Le hago un gesto, adelante, puedes subir, y Goyo sube y entra en la sala. Va vestido con su uniforme de trabajo, el de verano. Pantalón de peto con las perneras recortadas y un tirante —el otro lo lleva colgando— directamente sobre la piel. Todo él manchado de pintura. Está como una cabra. Se sujeta la melena con un pañuelo anudado detrás de la cabeza y en una de sus orejas cuelgan tres pendientes. Sonríe enseñando las encías, con barba de una semana. Dice: «He visto el coche y me he asomado para controlar la situación». Su sonrisa es contagiosa y sonrío, es un caso este Goyo. Si yo fuera un ladrón, probablemente me invitaría a tomar cerveza mientras nos pondríamos a hablar sobre el calor del agosto más bochornoso del siglo. En efecto, lleva una cerveza en una mano. «¿Quieres?», me pregunta. Doy un trago, está caliente. En la nevera no hay nada y se lo digo. «No hay nada en la nevera, lo siento.» Suelta un suspiro, murmura algo y hace un ademán cargado de tristeza. Le imito, yo también lo lamento. Pregunta: «¿Todo en orden?». Asiento, le digo que sí, que todo va bien. Le ofrezco un cigarrillo y ambos nos dedicamos a fumar. Cuando me pregunta por Mara y su embarazo le contesto que nada, que todo sigue su curso. Digo: «Durmiendo, como siempre». Se echa a reír. Goyo está separado de su mujer y tiene un hijo de nueve años, Jeremías, que pasa los veranos con él. Me contó que el nombre se le ocurrió el día del parto. Él estuvo dentro, ayudando, observando —yo sería incapaz de hacer una cosa así, no me parece correcto, es de mal gusto— y, por lo visto, la criatura se resistió lo suyo antes de decidir abrirse paso. Goyo dice que protestaba, que no quería salir. Es una historia que me cuesta creer, pero Goyo, cuando me lo dijo, se puso muy serio y dudo que nadie se atreva a bromear con un asunto como este. De todas formas, Goyo es capaz de cualquier cosa. Le pregunto por Jeremías y me cuenta que está en casa, pintando un lienzo. Señala con el pulgar hacia atrás. «Hace el trabajo por mí», dice, guiñando un ojo. Goyo no ha vendido un cuadro en su vida, pero eso no le quita el sueño. «El día que venda uno —me ha repetido más de cien veces desde que somos vecinos—, mi satisfacción no llegará a la altura de los tacones de un transformista en el patio trasero de un cabaret ensayando la imitación de Liza Minelli del *Big Spender*, te lo aseguro.» Goyo tiene una manera retorcida de decir las cosas. A mí me gusta, es gráfico. Está esperando que yo diga algo, que le cuente si es niño o niña, pero no se lo digo. En vez de eso, le explico que Mara se pasa todo el día hablando con el estómago. Goyo, entre risas, anuncia: «Ahora viene lo bueno, ya verás». Ve mi expresión y cambia de tema con rapidez. Habla del calor, que es insoportable. Dice: «Este tiempo está llenando mis esponjas con un concierto en duda mayor», y resopla para dar más credibilidad a sus palabras. Le creo, a mí me sucede lo mismo. Las dudas, las malditas dudas..., aunque no sé si se refiere a eso. Entonces me cuenta que es posible que deje de pintar y se dedique a otra cosa. «Mercenario, por ejemplo», dice. Se interrumpe un instante, se lo piensa, y añade: «O mejor, futurólogo, es un sector productivo, tiene futuro, ¿es o no es?; y en invierno podría pintar mis cuadros, es algo a tener en cuenta, ¿qué te parece?». No digo nada. No sé reconocer si habla de verdad o es en broma. Por decir algo, le digo: «Haz números». Me mira, le miro. Los dos muy serios, sin perder la compostura. Al cabo, sonríe, me enseña de nuevo las encías, y dice: «¿Echamos una partida?». Se refiere a una partida de ajedrez. Este invierno solíamos pasarnos horas y horas jugando en su casa, bebiendo whisky barato y jugando partida tras partida hasta que uno soltaba que ya era suficiente. Ambos tenemos parecido nivel y coincidimos en que a ninguno nos gusta defender. En más de una ocasión tuvimos que interrumpir el juego completamente borrachos. Entonces salíamos al aire libre, contemplábamos el amanecer sentados en las escaleras de su porche y, al poco, nos poníamos a filosofar sobre nuestras cosas, las mujeres, los odios, la mala suerte. Goyo se partía el pecho viéndome tomar nota de todo con una letra ilegible. Decía que no valía la pena, que las palabras no tienen ningún significado, que no sirven. Traté de explicárselo, de decirle que la clave eran las palabras y que me servían para reflejar el momento, pero la lengua se me trababa y él no entendía nada. Luego, yo regresaba a casa para recibir la bronca de Mara. Más adelante, en primavera, dejé de hacerlo. A partir de ahí, harto ya de tanto reproche, me quedaba a dormir en casa de Goyo con Goyo tronchándose de risa por mi causa. Enciendo un cigarrillo, se lo paso y enciendo otro para mí. No, ahora no es momento de jugar al ajedrez, no tengo fina la cabeza. Digo: «No puedo, ya sabes, Mara me mataría». Goyo se encoge de hombros. Dice: «Es una lástima, tengo cerveza helada, montones de cerveza helada». Finge que lo deja estar, pero me mira por el rabillo del ojo. Le conozco, sé que va a insistir hasta convencerme. Entro en la sala, voy al dormitorio, recojo la bolsa con las cosas y acabo de cerrar la casa. Bajamos juntos hasta la carretera, dejo la bolsa en el portamaletas y abro la puerta del conductor. Pongo la llave en el contacto. Goyo se acerca, dice: «Bonito coche». Le digo que es de Julián, que es uno de los de Julián, y le cuento las marcas de los otros tres. Goyo suelta un silbido a medio camino entre la admiración y la chanza. Le digo: «Tengo que irme». «Saluda a Mara de mi parte», me dice. Y añade: «Dile que uno de estos días tiene que dejarte subir, que nos portaremos bien, que yo me encargo». Arranco el coche, doy marcha atrás y giro el volante para dar la vuelta. Goyo comienza a palmear el aire para evitar la polvareda. Sonrío. Me asomo y digo: «Cuídate esa tos». Subo la ventanilla, activo a Hooker en el reproductor y enciendo el aire acondicionado. Acelero con suavidad, Goyo se aparta y al rato, cuando miro por el retrovisor, veo que ha desaparecido envuelto en la nube de polvo. Solo entonces acelero a fondo, aumento las revoluciones y conduzco a todo trapo. Me viene a la memoria una de aquellas noches de invierno, lo recuerdo porque tomé buena nota de ello. Goyo me hizo ver que en el cielo no llovía. Y añadió: «¿Qué clase de cielo es ese?». Cuando llego a la carretera asfaltada me inclino hacia delante y observo el cielo a través del parabrisas. Limpio, sin nubes. Me digo que debería llover. Que esto no es el cielo.

Y en este preciso instante me doy cuenta de lo que me digo. Que tengo razón. También caigo en que me he dejado la pila de periódicos junto a la puerta de la cocina, pero me da igual, ya los tiraré otro día, eso no importa. Reduzco, tomo la primera curva y voy dando vueltas al asunto. Al cabo, concluyo que tengo que escribirlo, que tengo que dejarlo bien apuntado. Y para que no se me olvide, paro el coche y lo anoto en un papel.

No entiendo qué es lo que sucede, presto atención y no, no hay duda, el sistema de riego automático no se ha encendido. Voy al sótano, a la sala de máquinas, y estudio el panel de los programadores del riego. Leo las horas registradas en los relojes, realizo las comprobaciones, ya debería estar en marcha. Reflexiono un instante y decido que mi obligación es conseguir que funcione. Aprieto el botón de encendido manual. Escucho, y sí, ahora se oye el riego. Observo la hilera de mandos, repaso todos los indicadores y llego a la conclusión de que no tengo ni idea de cómo va la cosa. De todas formas, me digo, intentaré averiguar el fallo, pero lo dejo para más adelante, para cuando acabe el tiempo regulado. Salgo al jardín. En efecto, los aspersores de la primera sección están en marcha. Confío en que más tarde, con suerte, se activará el resto. Voy a la piscina, me agacho, contemplo la superficie. Hojas, bichos, pinaza. Agarro el mango del recogedor y comienzo a limpiarla de todo lo que flota. Mara se acerca, la oigo resoplar. Sin girarme, sé que trae cara de pocos amigos. Dice: «Has tardado mucho». Sigo rastrillando el agua. Ella insiste. Dice: «¿Eh, dónde has estado?». Retiro la red de la piscina y la vacío de la hojarasca. La sacudo, lo hago de nuevo. Otra vez. Y otra. Luego, ya limpia, la vuelvo a introducir. Digo: «¿Dónde voy a estar?», y añado: «Te he traído los encargos que me has pedido, están en el garaje». «Ese no es su sitio», me reprocha. Suelto el recogedor, doy media vuelta, voy al garaje. Cuando regreso, dejo la bolsa en el suelo, a sus pies. Digo: «Aquí lo tienes». Nos miramos un instante, ella con frialdad, de arriba abajo. Mara me pregunta por la agenda, y mientras lo hace, frunce el ceño de una manera muy especial, descalificadora. Señalo la bolsa, digo: «Está dentro, con el resto de las cosas». Doy un bufido, me quito la camisa. Estoy empapado. Digo: «Ahí arriba el calor es espantoso». Mara hace una mueca. Señala la piscina. Dice: «Pues date un baño». En realidad, no estaría mal darme un chapuzón. Es lo que pienso, pero abandono la idea de inmediato. Mara no pararía de burlarse de mí. Diría que nunca cumplo lo que digo, y en eso estoy de acuerdo, sabe que odio las piscinas, el agua artificial. No aguanto estas cosas, el ridículo. Lo que me gustaría es tomarme una cerveza, estoy muerto de sed, pero no me apetece ir a por ella. Le digo a Mara que vaya y me la traiga. Ella se mofa, suelta unas risas. Coloca los brazos en jarras. Dice: «Estás loco». No discuto, doy media vuelta y voy yo a buscarla.

Bebo directamente de la botella. La noto helada, con un sabor delicioso. La apuro. Me sabe a poco y abro otra y salgo con ella al jardín. Al pasar por delante de las buganvillas, un remolino de pájaros se agita y sale en desbandada. Levanto los ojos, observo su vuelo. Dejo la botella en la mesa del porche y me quito los mocasines. Camino descalzo por el césped. Mara, sentada en una de las hamacas de la piscina, me grita: «¡He pasado la tarde enganchada al teléfono!». No veo nada de particular en eso y no le hago mucho caso. Me dedico a controlar el riego mientras voy calculando, así de memoria, que no debe de tardar en ponerse en marcha este sector. Me aparto, recojo la cerveza y camino hacia ella. Me siento en la hamaca de al lado cuando Mara apostilla: «Por si lo quieres saber». Asiento en silencio mientras doy un trago. Ella continúa. Me explica que ha hablado con Miranda, con Andrea y con Fina. Dice que van a venir mañana, a pasar el día. «Hace mucho tiempo que no sé nada de mis amigas», me cuenta. Y prosigue diciendo: «Las he invitado a comer, a ellas y a sus maridos, no hay problema». No digo nada, son sus amigas. Vinieron a la boda, pero no significan gran cosa para mí, nada tienen que ver conmigo. Son gente gris, gente que pasa desapercibida. Doy un trago y entonces se me ocurre. Digo: «No encontrarán la casa». Me hace gracia la idea, el plan de mi mujer hecho trizas. «Ya les he indicado el camino —replica Mara—, no tiene pérdida.» Lo dudo, pienso para mí, no es tan sencillo. Los amigos de Mara. Miranda es la esposa de Marcelo, él tiene una farmacia y Miranda se dedica a los niños, es la titular de una guardería. No tienen hijos. Andrea trabaja en una empresa de control de aplicaciones y vive con Daniel, un abogado matrimonialista, sin estar casados. Fina, en cambio, es un ama de casa, dos hijos, Ray y Marcos. Su marido, Ginés, es un tipo como yo, no dura mucho tiempo en un empleo. Lo último que sé de él es que trabajaba como vendedor de seguros. Es algo que le va. Fina es una arpía, una mala mujer. Me odia. Mara es su amiga de toda la vida. Me incorporo. Digo: «Fina es una pesada, lo sabes, no me cae bien». Mara se acaricia la panza, habla con voz cariñosa. Dice: «No pasa nada, tesoro, no pasa nada». Se dirige a la niña, a la niña de dentro, no a mí. Lo sé por el tono. Espero a que acabe. «Tranquila, vida mía, tranquila.» Miro para otro lado, no lo soporto, es algo que me avergüenza. No puede ser que Mara no se dé cuenta de que la niña no la puede oír. Está trastornada, Mara estaba hablando conmigo. No espero más y me levanto, voy a la cocina en busca de otra cerveza. Antes de entrar, el riego de la zona se dispara y me pilla en medio. Doy un salto pero no logro evitar el remojón. Da igual, me digo, esta agua no es como la de la piscina. Esta agua no ensucia.

«Estás bebiendo demasiado», me dice Mara entrando en la cocina. Yo pienso que eso es problema mío, pero me lo callo, doy otro sorbo y repito: «Fina es una pesada». Me enfrento con ella. Mara enarca una ceja, se sienta en una de las sillas. Dice: «Hemos quedado a media mañana, a todas les ha parecido bien la idea». Por decir algo, le comento que no tenemos suficiente comida. Mara asegura que no hay problema, que ellas se encargarán de traer las cosas, que se trata de hacer una barbacoa, que no me preocupe. Lo dice con hastío, como si le hubiera molestado mi comentario. Acaba diciendo que ya está todo organizado y que a nosotros solo nos corresponde poner la bebida. Dice: «Y para eso está la bodega de Julián, ¿o no?». Yo me muerdo los labios. Tiene razón. Julián, al marcharse, nos dijo que hiciéramos uso de lo que nos viniera en gana, que todo estaba a nuestra disposición. Me dio permiso. Mara insiste, pregunta: «¿Es o no es así?». Asiento sin decir una palabra. Julián es demasiado generoso, eso es lo que pienso. «Entonces, estamos de acuerdo», concluye Mara. Digo: «Que no vengan muy tarde». Me lo pienso un poco y agrego: «Pero tampoco demasiado temprano». Ella se impacienta. Me pregunta: «¿A qué hora les digo que vengan?». «No sé —digo yo—, tú misma, a la hora que quieras, la que te vaya bien.» «Jabo —dice ella con la voz ligeramente alterada—, ya he quedado a media mañana.» «Me parece bien, es una buena hora», digo yo. «Ha llamado Julián», dice Mara a continuación.

Me incorporo de golpe. Es una buena noticia.

«¿Cuándo? —pregunto—, ¿ha dejado algún recado?, ¿qué ha dicho?» Mara se pone a hablar con la panza, baja la cabeza y se olvida de mí, como si yo no estuviera. Habla con diminutivos, son tonterías, pero la voz es extremadamente dulce, cálida. Si no se tratase de una niña, me acercaría y yo también diría la mía, pero reprimo el impulso. Voy a la entrada y enciendo las luces del jardín. Comienza a anochecer.

Regreso a la cocina, me siento en el taburete, junto al teléfono. Cruzo los brazos, aguardo. Un instante y

Mara me cuenta que Julián ha llamado hace un par de horas, que ha dejado dicho que volverá a llamar esta noche. «¿Esta noche?», repito yo. Ella no lo aclara, sigue hablando. Dice: «Pero antes, ha habido otra llamada, una llamada extraña». Me pongo tenso, no abro la boca y disimulo. Mara se esfuerza en observarme, por si hago algún gesto peculiar. Al no descubrir nada, continúa. Dice: «Era un hombre, preguntaba por Julián y yo le he dicho que no estaba, que estaba fuera. Le he dicho que de vacaciones y que yo no sabía dónde. Entonces se ha puesto a decir cosas raras con un tono muy extraño, ya sabes, parecía demasiado interesado». No acabo de entenderlo. Lo que me gustaría saber es qué entiende Mara por «cosas raras». Se lo pregunto. Digo: «Cosas raras como qué». «No sé —dice Mara—, de entrada, no me ha querido decir su nombre, solo repetía que era un asunto urgente, que era algo de vital importancia y que necesitaba contactar con él.» «No veo en eso nada raro», digo como si tal cosa. «¿No? —pregunta Mara—, ¿estás seguro?» Niego con la cabeza, y al momento, cuando me doy cuenta, lo afirmo de la misma manera. Mara dice: «¿Y tampoco ves extraño que me haya dicho que era por mi bien, que lo mejor que yo podía hacer era decirle dónde se encontraba tu amigo?». De nuevo, vuelvo a negar con la cabeza. No se me escapa el tono con que ha pronunciado *tu amigo*, es otra vez lo mismo, lo de siempre, no entiendo esa manía. Lo dejo estar y pregunto: «¿Qué le has contado?». «Nada —dice Mara—, he colgado.» Me mira, nos miramos, y bajo la vista al suelo. Veo mis pies descalzos, las briznas de hierba en el empeine, por el talón. Muevo los dedos. «Jabo —dice ella—, esa voz no era amistosa, aquí pasa algo.» Sin levantar la mirada, niego por tercera vez sacudiendo la cabeza. Mara se queda en silencio. Sé que me está observando con los ojos entornados, suspicaces. Oigo que añade: «Si quieres saber mi opinión, Julián está metido en un lío, en un asunto feo, si sabes a lo que me refiero». «No, no sé a lo que te refieres», digo yo. Estoy pegajoso por el sudor, por la humedad, y solo me faltaba que Mara me caliente la cabeza con tonterías. Digo: «Lo que pasa es que ves fantasmas por todas partes, eso es lo que pasa». Ella se enfada conmigo, protesta airada. Un rato, se domina, y con calma artificial, dice: «No, no me equivoco, estoy segura, pero tú lo sabrás mejor que yo». Hago oídos sordos, no me apetece discutir. Por si acaso, se lo vuelvo a preguntar. Digo: «¿Le has dicho dónde estaba?». «No, solo que estaba fuera», repite con retintín picajoso, y añade: «Solo le he dicho que no sabía nada, eso es todo». Me quedo pensativo. Un momento y me lo saco de la cabeza. «No se lo he contado a Julián», dice Mara a continuación. «¿Y por qué no?», suelto sorprendido. «No quiero follones», dice muy seria, la voz crispada. Y puntualiza: «No quiero saber nada de Julián». Esto me exaspera, Mara y sus cosas, no lo trago, me parece fuera de lugar, es injusto. Tiene la costumbre de desorbitar los asuntos. Lo que nunca entenderé es la manía que Mara le tiene a Julián. No me lo explico. «Ya te he comentado que me he pasado la tarde entera colgada al teléfono», señala Mara sin inflexión en la voz. La miro de soslayo, me temo algo, eso no lo dice porque sí. Digo: «¿Y qué?». «También ha llamado tu padre», dice cambiando el tono. Ahora es bajo, suave. En esta ocasión soy yo el que se crispa, no puedo evitarlo, me pongo nervioso y, aunque no quiero, le pregunto: «¿Qué quería?». Mientras aguardo la respuesta vuelvo la vista al suelo, a mis pies. Tengo la garganta seca. De repente, me ha entrado una sed intensa. Mara dice: «No lo ha dicho, quería saber cómo me encontraba y qué tal nos iban las cosas. Le he contado que es una niña». Continúa hablando. Oigo su parloteo pero no le presto atención. Cuando termina, me dice que debo llamarlo, que es así como han quedado. Que yo le telefonearía nada más regresar. «No tenías que haberlo dicho», le reprocho. «Es tu padre —dice ella como si yo no lo supiese—, es tu padre y tienes que llamarlo, esta estúpida situación tiene que acabar.» Aprieto los puños, me enfado. Grito: «¡No me refiero a eso!». Con voz contenida, digo: «No tenías que haberle dicho que es una niña». Mara comienza a protestar, dice que no le grite, que no tengo motivos para ponerme de esta manera. Le doy la espalda, saco otra cerveza del frigorífico y cierro dando un portazo antes de que se dispare el pitido chivato y me saque de mis casillas. No le explico nada, tampoco lo iba a entender, pero hubiera preferido decírselo yo. En directo. Y ver la cara que pondría, mirarle a los ojos. Y leer en su expresión lo que ya sé, lo que opina de mí. Que no sirvo para nada. Mara da un paso atrás, suspira mientras me imita y sacude la cabeza. Dice: «Jabo, me preocupas». Sé lo que va a decir a continuación, que bebo demasiado. Mara detiene el cabeceo, intenta ponerse solemne, y agrega: «Estás bebiendo demasiado». Me reta con la mirada y yo hago otro tanto. Digo: «La única situación estúpida que tiene que acabar es lo tuyo con Julián». Mara se deja de tonos y cambia la expresión del rostro. De fuera, me llega el ruido del riego al activarse en el siguiente sector. Perfecto, me digo. Funciona.

Voy a la sala con Mara pisándome los talones. Enciendo las lámparas, despliego los estores de las ventanas. Tomo asiento en el sofá, alcanzo el mando del televisor y aprieto el botón de puesta en marcha. Mara está esperando que diga algo, lo noto. Enciendo un cigarrillo. «Jabo», me riñe. Lo apago después de una larga calada y exhalo el humo hacia el techo. «Ha sido sin querer, no me he dado cuenta», le digo como excusa. Me quedo en silencio. Es mi manera de dar por sentado que no quiero hablar de ese tema. Por el rabillo del ojo la veo estudiarme, la mirada fija, con la cabeza ligeramente ladeada. Está a punto de decir algo, lo sé, la conozco. Aquí viene. Dice: «No te lo tomes a mal, Jabo, pero te falta carácter». Utiliza una voz conciliadora, como si el asunto no fuera con ella. «Esa es la verdad», acaba puntualizando. Cierro los ojos. Ahora va a decir que no tengo ambición, que no hago nada, que no soy más que un vago, que solo espero que venga otro y solucione mis problemas. Que no, que no, que no. Es su manera de atacarme por lo de Julián. Nunca conseguiré comprender qué es lo que hace que una mujer pierda tanto los papeles ante una simple amistad entre dos hombres. Ella no puede aceptarlo, se limita a odiar a Julián y punto. Es de locos. Suerte, me digo, eso es lo que ahora necesito. Y en este momento, por fortuna, la criatura pega una patada, luego otra, y Mara se lleva las manos al estómago. Suelta un alarido y dice que no le haga daño, que no se porte así, que ha de ser buena con ella. Habla con una voz tan cargada de afecto que me deja helado. Me concentro en la programación, intento escuchar lo que dicen, pero no me entero de nada. Julián no puede tardar mucho en llamarme, tengo ganas de hablar con él, hay muchas cosas que quiero contarle. Y si Mara se pone celosa es su problema. Exacto, eso tiene que ser, celos. O quizá es envidia, envidia por las cosas que nos unen. También puede ser que ni por una cosa ni por la otra. No lo sé. Me lo quito de la cabeza. Sea como sea, Julián es la única persona en quien puedo confiar. Julián es diferente a los demás, diferente a todos. Es el único que no me niega, al contrario. Cada vez que hablo con él me siento mejor, más fuerte, más seguro. Esto es lo que Mara no llega a entender. Él es mi amigo, un amigo de verdad. Es el hijo que toda madre desea tener. El hijo, el hombre perfecto. Oigo que a Mara se le escapa otro grito y giro la cabeza hacia ella. La veo encogida, tratando de regular la respiración. Lo consigue. Y con la calma, la voz de Mara vuelve a destilar ternura. Comparo y no, nunca me ha tratado así. Es una voz dulce. Me pregunto por qué no la utiliza conmigo. Podría ser bueno, muy bueno. Veo que se levanta el faldón de la camisa y deja la panza, el bulto, al descubierto. Se me revuelven las tripas, es angustiante.

Eso no puede ser bueno. La piel del estómago se mueve, un algo se desplaza de través y ella sonríe, no cesa de sonreír. Me siento incómodo, es una situación molesta. No consigo apartar los ojos del bulto que se traslada, de otro bulto que hace lo mismo, y de otro que aparece. Respiro con dificultad. Mara levanta la vista y sé que piensa que es por la emoción, no se imagina que es por el desasosiego que me provoca tanto vaivén, ese ir y venir con Mara riendo sin cesar. ¿Es que nunca dejará de reírse? No atino a saber qué es lo que le produce tanta alegría. Tiene el rostro brillante de felicidad y eso me intriga. Me digo que no, que es por el calor. Tiene que ser el calor. Mara, sin previo aviso, me mira, los ojos entornados, y dice: «La niña también está preocupada por ti». Le devuelvo la mirada, la bajo hasta la panza, los bultos móviles. Trago saliva, eso es todo lo que hago. «Es nuestra hija», dice Mara. Apoya las manos sobre la piel y suelta: «La quiero». Agarro el mando, subo el volumen. Ella se recuesta en el sofá y yo me alejo lo justo para que se acomode. Cuando coloca sus piernas sobre las mías, las aparto, me incorporo y se las dejo apoyadas en uno de los almohadones del sofá. Voy a sentarme en el sillón de enfrente. De nuevo aumento el sonido. Mara protesta para que lo baje y yo finjo que no la oigo, cambio de canales y sujeto el mando con fuerza. Los ojos cerrados. Mara grita, insiste. Me llevo las manos a la cabeza, aprieto las sienes y no desaparece la sensación de vértigo. Me pregunto si no me estaré volviendo loco. Trato de pensar en otra cosa, de no pensar en nada. Lo que pienso es que Mara debería darse cuenta de mí, ser consciente de que yo, al menos, también me muevo. Siento sus manos pugnando con las mías, abro los ojos y ella grita que Julián está al teléfono. Me levanto y salgo corriendo hacia el supletorio de la cocina. Voy disparado. Descuelgo el auricular, digo: «Soy yo, hola, Julián». Julián dice: «Ciendones, siempre me haces esperar». Sonrío, Julián no aprende, sigue llamándome por el apellido. Es un bromista, y un terco. No hay quien le haga cambiar. Es una de las cosas que me gustan de él. «Jabo —digo yo—, mi nombre es Jabo.»

Cuelgo y aprovecho para fumar un cigarrillo sin que nadie me abronque por el humo. Estaría bien, antes de cenar, salir a dar una vuelta. Podríamos ir al puerto, a uno de los bares, y tomar algo en una de las terrazas. Doy una calada. Soy el hombre de confianza de Julián, es lo que me ha dicho. Ahora me necesita, lo ha dejado bien claro y no le voy a fallar, es lo menos que puedo hacer por él. A mí me traen sin cuidado los motivos. Apago el cigarrillo cuando Mara entra en la cocina y se sitúa a mi lado. Le propongo lo de ir al puerto. Ella dice: «Un momento, antes quiero saber sobre el tipo de las llamadas». Pregunta: «¿Qué ha dicho Julián, sabe de quién se trata?». Y sentencia: «Es un asunto feo». Yo le quito importancia a la cosa, le digo que puede ser cualquiera, un cliente, un pesado, un operario. Le repito que Julián no tiene ni idea. Mara se queda callada sin dejar de observarme con fijeza. Dice: «Los clientes, los pesados y los operarios acostumbran a dejar sus nombres, lo sabes, no entiendo por qué me engañas, es un asunto feo, lo sé, me lo dice mi intuición». «No es asunto nuestro», le digo con fastidio. Me aburre cuando nombra a su famosa intuición, ella cree que es infalible, y no le sirve para nada. Me armo de paciencia y le recuerdo que Julián tiene temas más importantes en la cabeza. Mara hace una mueca y suelta una carcajada que me sobresalta. Dice: «Estás hablando con las palabras de Julián». La voz es acusadora y, no sé la razón, pero mi primer reflejo es defenderme. Es una costumbre de cuando vivía con mi familia. Digo: «No estoy hablando con las palabras de nadie, es la pura verdad». Mara se acerca, gesticula con las manos. Dice: «Mira, Jabo, tú le adoras y no sé el porqué, Julián siempre te hace quedar en ridículo cuando te comparan con él». Esto es un golpe bajo, ella lo sabe, lo hace a propósito. Comienzo a cabrearme. Mara continúa. Dice: «Julián te tiene sorbido el seso, no haces otra cosa que imitarlo, lo tienes en un pedestal y no ves que te puede complicar la vida». Se detiene, respira hondo. Me agarra el antebrazo y dice: «Ya es hora de que te des cuenta, de que te quites la venda de los ojos». Mi mujer es una mujer que no entiende nada, no voy a perder el tiempo en explicaciones. Sin embargo, le digo: «Es mi amigo, nunca haría nada que pudiera perjudicarnos». Mara grita: «¡Eso es mentira!», y me señala. Hace un gesto con el índice que a punto estoy de cogerlo y tirar de él hacia abajo hasta troncharlo. Entonces vería de lo que soy capaz, seguro que no se lo imagina. ¿Dónde está ahora su estúpida intuición, eh, dónde está? Es una necia. Oigo que me dice: «Te ha dicho que destruyas unos papeles, que hagas desaparecer todos los documentos que tiene en el departamento secreto». Niego con la cabeza y voy a decir algo, pero me quedo con la boca abierta. Mara deja escapar un grito de satisfacción. Dice: «No me digas que no». Ha estado escuchando por el otro teléfono, está claro. La furia. Se me agolpa la sangre, la noto en los ojos, por toda la cabeza, en los puños que aprieto. Tengo que hacer algo, romper alguna cosa, cualquiera sirve. Veo su cara. Está cerca de la mía, demasiado cerca. Sonríe con los ojos entornados mientras se agarra el bulto del estómago con ambas manos. Me fijo en ese bulto. Es suyo. Mara dice: «No me fío de él, te está utilizando». Hace una pausa, procura escoger las palabras, las más dañinas. Dice: «Esa es la clase de amigo que tienes». Pienso en Julián, en lo que diría en una situación como esta. Julián se echaría a reír. Me río. Fuerzo la risa y consigo que parezca real. Digo: «Mara, eres una ingenua». Pone cara de asombro, no se lo esperaba. «No entiendes nada», digo para rematar la sorpresa. Ella murmura: «No me crees». «A mí no me hace falta —replico—, confío en él, es mi amigo.» «No me crees», vuelve a repetir incrédula. Contrae los labios y hace una mueca. Dice: «Prefieres creerle a él, a alguien que no te da explicaciones, a alguien que no te dice ni dónde está ni qué sucede ni nada de nada». El rostro de Mara es un poema, la expresión. Ella no sabe que Julián es así, que nunca da explicaciones porque no tiene por qué darlas. Él, como el resto de los ganadores, está por encima de muchas cosas, tiene personalidad, está acostumbrado a mandar. Y los que mandan son así, fríos, es por el éxito. Yo lo entiendo perfectamente. Es por ese motivo por el que consiguen todo lo que se plantean. Por ser como son y por el asunto de la suerte. Suerte, eso es todo, aunque Julián no crea en ella. Hay que zanjar la conversación, y digo: «No quiero hablar más de esto». Mara se enfurece. Me adelanto y, antes de que diga nada, le vuelvo a proponer lo de ir al puerto. Podríamos ir en el Audi. Le comento: «A la niña le vendrá bien un paseo cerca del mar». Mara suaviza la expresión. A regañadientes dice que vale, que le parece bien, pero que no acaban aquí las cosas. «El aire marino es muy sano», digo yo para distraerla del tema. «No es necesario que me convenzas», dice dando media vuelta. Antes de que salga de la cocina, me aclaro la garganta. Con voz suave, digo: «Si alguien vuelve a preguntar por Julián, tú no sabes nada». Ella se detiene, se lo piensa un instante, prosigue su camino. Una vez desaparece, voy a la despensa y me sirvo un trago de malta. Luego, otro. Más tranquilo, enciendo un cigarrillo y salgo al jardín en busca de los mocasines. Veo la camisa junto a la piscina y también la recojo. Está sucia, empapada. Subiré a cambiarme cuando termine de fumar. Memorizo las instrucciones de Julián. No es mucho, me digo. Lo dejo para más tarde, para la madrugada, así estaré ocupado en algo en vez de darle vueltas a la cabeza. Sumerjo el cigarrillo en la piscina, lo apago, y lo lanzo por encima de los setos. Acierto a la primera. Acto seguido subo a vestirme. Me cruzo con Mara en las escaleras. Ella va bajando mientras habla con el estómago. Le dice: «Nos vamos de paseo, cariño». Al verme, se interrumpe, se desplaza a un lado y espera a que acabe de subir. Cuando desaparezco en el dormitorio, reanuda su conversación.

Me ocupo de cerrarlo todo, voy al garaje, saco el Audi y lo aparco en la calle. Vuelvo a entrar, me olvidaba de coger algo de dinero. Se lo digo a Mara cuando me la encuentro en el vestíbulo. «Eres un completo desastre», se burla. Agita un monedero delante de mis narices. Dice: «Lo sabes, eso es asunto mío, como siempre». Suena el teléfono. Nos quedamos mirando en silencio. Ambos ponemos cara de pasmo y me entran ganas de reír. Mara dice: «Será tu padre». Escucho los timbrazos. Continúan sonando uno detrás de otro, machacones, sin parar de hacerlo. No suelto el pomo de la puerta ni hago ningún gesto, solo espero que acabe el sonsonete. Mara se impacienta, quiere que vaya y lo descuelgue. «Es tu padre», vuelve a decir. Otra vez la intuición. Me entra la risa. «No le veo la gracia», suelta ella muy seria. Replico: «O mi madre». Y al pensar en ella, pierdo la sonrisa. Digo: «Vámonos». El teléfono enmudece. Suspiro aliviado mientras Mara cabecea con desaprobación. Al cerrar la puerta tengo el súbito temor de descubrir a alguien sentado en el sofá. Es una bobada, lo sé. Sin embargo, doy un vistazo dentro. Veo, de refilón, la imagen que me devuelve el espejo de la pared. Es una imagen que me aturde. Es la mía, soy yo, con los ojos dilatados y llenos de espanto. No tiene sentido, me digo. Aquí estoy a salvo.

Tiene que ser el calor, eso es, el calor. Me hace ver lo que no hay. Doy un portazo, giro la llave. Me alejo sintiéndome alguien muy extraño. Mara, desde el jardín, con la verja de la calle abierta, me grita: «¿Vienes o no?». Voy corriendo. Cuando llego a su altura, paso un brazo por encima de sus hombros, coloco el otro sujetando su mano, y la acompaño hasta su asiento en el coche. La aprieto con fuerza, no demasiada. Es como si me agarrase a ella y, al darme cuenta, tengo ganas de fundirme. Me cuesta soltarla. «Estoy bien», dice Mara. Extrañada, se deja hacer. Cierro su puerta y rodeo el coche con rapidez hasta ocupar mi sitio, le doy al contacto y arranco con suavidad mientras escucho el suave zumbido del Audi. Mara dice: «Me gusta que seas así, cariñoso». No sé a lo que se refiere. Estoy mirando por el espejo retrovisor. Ella insiste: «Me gusta mucho».

Caminamos un rato por el paseo marítimo, distraídos, mirando a la gente que todavía permanece en la playa. Las luces de los chiringuitos, la música, los jóvenes en pleno afán de divertirse. En la zona más oscura, unos cuantos se encuentran tumbados, como si estuvieran esperando algo. No veo sus rostros, pero diría que solo son unos pocos los que parecen contentos. Esos están abrazados, mueven las manos con avances cada vez más torpes y audaces. Aparto la vista del espectáculo. Mara dice: «¿No es bonito?». Me coge de la mano y se acerca a mí. Se me engancha. «Sí», digo yo mirando para otro lado. En la orilla, unos niños juegan a alguna cosa y no entiendo qué hacen aquí a estas horas. Un perro ladra, entre la chiquillería, y corre como un condenado persiguiendo sombras. Me resulta repulsivo. «Mira», dice Mara. Señala al perro y a los niños. Dice: «Le compraremos uno a la niña». Mara me cuenta que ella nunca lo tuvo, que quiso tener uno pero que sus padres no la dejaron. Dice: «No quiero que a la niña le suceda lo mismo, es bueno que tenga compañía». Sonríe de oreja a oreja imaginándose la escena. Yo me limito a encogerme de hombros. Mara asegura: «Los perros poseen un sentido especial para con los niños, lo sé, lo he leído en una de las revistas». Apoya la cabeza en mi hombro y continúa soñando con la imagen. Yo no lo veo así, pero no digo nada. Me apetece una cerveza. Mara propone que bajemos a la arena, que caminemos por la orilla. Acepto. Nos descalzamos y yo me encargo de llevar sus sandalias y mis mocasines. Mara me da un súbito abrazo. Con voz tierna, dice: «Y si no, podríamos, más adelante, encargar un Jacobo pequeño, ¿no te gustaría?». Y añade: «No es bueno que esté sola». Me separo de ella, desprendo sus brazos y me planto enfrente. Digo: «Me parece de pésimo gusto, eso es lo que me parece». Mara replica que solo era una idea, que no me ponga así. «Perdona —digo entonces—, pensaba que hablabas en serio.» Doy media vuelta y dejo a Mara murmurando por lo bajo mientras me dirijo a la orilla. No distingo lo que dice. Cuando llega a mi altura, caminamos procurando no pisar el agua, pero nos resulta imposible. Una ola llega, una ola con demasiado empuje, y nos ahoga los pies. Ella se ríe, yo no. Levanto la vista hacia el cielo despejado de nubes, a las estrellas, y veo la luna, gorda y redonda, colgada ahí delante. Un derroche de luz. Mara sigue contemplando sus pies hundidos en la arena y los charcos, la espuma amarilla, que se forma alrededor. Parece hipnotizada por el rastro del agua, los avances de las olas, sus huellas, las mías. Observo lo que ella y no veo nada en especial. Digo: «Mira la luna —y se la indico—, es luna llena, mala señal». Mara levanta la mirada, enfoca a la luna. Los labios se le dilatan en una amplia sonrisa. Dice: «Esta noche serán concebidos un montón de niños». «¿No sabes hablar de otra cosa?», suelto con aspereza. Me tiene harto hablando todo el rato de lo mismo, está obsesionada. Pasamos cerca de una pareja, la mujer sobre el hombre, atados en un abrazo. Los movimientos de la cadera de ella son estrambóticos, no tienen gracia. Mara me da un codazo. Dice: «No seas mirón». Doy un puntapié a un revoltijo de plástico y alquitrán y replico: «No los miraba». «No tengo ningún interés», termino por decir. Pateo una lata de refresco vacía, la mando al mar, y le digo a Mara que ya tengo suficiente. Hago un ademán y le señalo el puerto, la zona de las terrazas. Digo: «Tengo sed». Ella no me hace caso. Me giro y la veo entretenida. Mara chapotea un rato más, con cuidado, casi de puntillas, agarrada a los bordes de la camisa.

Escojo una terraza, nos sentamos, y repaso la lista de cócteles y combinados. Cuando acabo de leerla, llega la camarera. Sin separar los ojos de la carta, digo: «Una cerveza». Mara carraspea. Levanto la cabeza, la miro, miro a la camarera y abro la boca. La vuelvo a cerrar. «Un granizado de limón», pide Mara. Cuando la mujer se va, Mara me mira directamente a los ojos. Dice: «Es muy guapa», y hace un chasquido con la lengua. «No lo sé», digo yo. Es una muchacha preciosa. Resisto las ganas de girar la cabeza y observar su figura desde atrás. Viste una falda muy corta y las piernas son largas, delgadas y bronceadas. Digo: «No es para tanto». Me dedico a contemplar el puerto, las embarcaciones, los mástiles con las banderitas en sus extremos. Noto la mirada de Mara. Enciendo un cigarrillo y antes de que ella proteste, digo: «Estamos al aire libre, no te quejes». «No me quejo», rezonga. Apoya las manos en la panza y estudia a la gente que, desde los asientos vecinos, estudia al resto de la gente. Llega la camarera con las bebidas. Las deja en la mesa, pregunta si queremos algo más y Mara dice que sí, que una bolsa de patatas fritas. Desvío la mirada y la veo, a la camarera, mirándome. Dice: «¿Algo más?». Y sonríe, me sonríe de forma especial a la vez que coloca una mano en la cintura, tensa una de las piernas y deja la otra inerte, a medio doblar. No parece una mujer, es adolescente, muy bella. Me pone nervioso. Niego con la cabeza sin decir nada. Ella se echa a reír y Mara la imita. Las dos se ríen de mí. Se me cae el cigarrillo y las maldigo en silencio. La joven se va. Mara dice: «Te gustaría hacerlo con ella». No es una pregunta y apostilla: «¿A que sí?». Tengo la certeza de que Mara desconoce lo que en realidad me gustaría hacer con todas las que se ríen de mí. Ella no lo sabe, Mara no sabe nada, ni aunque utilice su intuición ridícula. Me niego a seguirle la corriente. Pregunto: «¿Con quién?». Y agrego: «¿A qué te refieres?». Pero Mara no ceja en el empeño. Dice: «Lo sabes perfectamente, es una mujer deliciosa, la camarera». «A lo mejor es a ti a quien te apetece», le suelto. Esto la pilla desprevenida, pone cara de asco. Entonces digo: «Pues sí, me gustaría». Y para herirla, como al tuntún, puntualizo: «Es atractiva, para variar». Una pausa. Mara dilata los ojos, a continuación los entorna. Está así un rato. Antes de que vuelva la joven, dice: «Lo comprendo». La voz es mimosa, casi afectiva. Declara: «Ya lo has oído, si quieres hacerlo, a mí no me importa, no quiero hablar más». Ahora soy yo el que dilata los ojos. No es natural su reacción. Me remuevo en el asiento, incómodo. Sé que es un juego, un estúpido juego. Se lo digo, le pregunto si se trata de una prueba de su absurda autoestima. Responde que no, que en absoluto. Dice: «Si es eso lo que necesitas, es mejor que con las de papel». Alcanzo la jarra de cerveza y vacío la mitad de un trago. Me limpio la espuma de los labios mientras Mara da pequeños sorbos por la caña del granizado. No aparta los ojos de mí. Tengo que decir alguna cosa, lo pienso un instante. Digo: «Aquí hay algo que no me cuadra». Me encojo de hombros. Ella niega que lo haya y repite que puede comprenderlo. «Eres un hombre, al fin y al cabo», murmura. No sé, pero me siento insultado. Parece que le moleste, que sea un defecto. Otra vez la negación. La camarera regresa, trae la bolsa de patatas fritas en un plato sobre una bandeja, se lo entrega a Mara, sonríe y Mara le devuelve la sonrisa. Da media vuelta y se larga por donde ha venido. Ahora sí la contemplo, con descaro. La veo alejarse, los movimientos de las piernas, la falda subiendo, rebotando, casi mostrando, escondiendo. Acabo la cerveza. Mara se ríe con ganas y yo la odio por ello. La odio por decirlo, por plantearlo. La odio por el juego, por el engaño. La odio de todas las maneras. Hay un asunto que está claro, uno que no admite ninguna duda. Ella, mi mujer, solo necesita una cosa: poder. Con eso le basta. A cambio de otra cosa, sensibilidad por ejemplo, se conforma con algo tan primitivo. Mara se parece a mi madre, es como ella. Siempre jorobando con lo mismo. Me hacen sentir culpable, como si les debiera algo. Pero a esta, a Mara, no le voy a permitir el trabajo de demolición. Me dedico a contemplar a la muchacha de la minifalda. Cuando ella me sonríe, yo le sonrío. Y al ver, de soslayo, que Mara me observa, le vacilo y lanzo un beso a la joven, ella se queda quieta y yo aprovecho para disculparme con un leve entornar de ojos, muy inocente, como si no hubiera podido evitarlo. Ella parece entenderlo así, y me devuelve el guiño. Me siento ridículo, pero es lo único que se me ha ocurrido. Pregunto a Mara: «¿Nos vamos?». No contesta, se incorpora, deja unas monedas encima de la mesa y se dirige a la salida. Al levantarme, veo la bolsa de patatas fritas. Está intacta. La cojo y me la llevo conmigo. Alcanzo a Mara, le digo: «Te has dejado esto», y le tiendo la bolsa. Mara compone un mohín de disgusto. Sin embargo, la agarra, desgaja el cierre y comienza a comer patatas fritas. No me ofrece y yo no hago el gesto de coger ninguna. No tengo hambre. «Prepararás tú la cena», me dice mirando al mar y con la boca llena. «De acuerdo», digo yo. Caminamos por el paseo marítimo hacia el Audi. Un rato y Mara me pregunta: «¿Quieres?», y me acerca la bolsa. Digo que sí pero no alargo la mano, yo me refería a otra cosa. No quiero pensar en eso. Me limito a caminar, las manos en los bolsillos de los vaqueros, con los ojos fijos en la luz pedante, gélida, de la luna. «Jabo», dice Mara con un hilo de voz. Me agarra del brazo. «No digas nada», la interrumpo sin perder de vista la luz. Ahora me resulta abrasadora. Trato de averiguar si los bultos que veo en su superficie son bultos de verdad o solo es un efecto de mi imaginación. Mara insiste. Dice: «Jabo». Y me aprieta el brazo. A continuación, apoya la cabeza en mi hombro y se imagina que lo consigue. Sueña. Yo miro la luz. No hago otra cosa. Los bultos.

No es por nada, pero creo que los Matamala han discutido esta noche. He apuntado a su villa y lo que he visto, no sé, los matices, los gestos compulsivos, me lleva a esta conclusión. Irene iba de un lado para otro preparando la mesa del porche. Doblaba las servilletas dándoles forma de flor y luego las introducía dentro de los vasos. Al rato, las saca, las vuelve a doblar, ahora con forma de triángulo, y las deja junto a los platos. Con prisa, los movimientos rápidos, precipitados, como con disgusto. Lo digo porque se le han caído dos veces los cubiertos al suelo y, después de recogerlos, ha vuelto a ocuparse de las servilletas, deshaciendo la forma hasta dejarlas sobre los platos, esta vez, y para finalizar, con forma de cuadrado. Todo esto no es corriente en ella, es una mujer meticulosa, pero no tanto. He recorrido el jardín, el resto de la casa, y he encontrado a Gabino refugiado en su plantación secreta de tomates. No se le veía tranquilo, repasaba los tomates uno a uno, los iba regando con un vaporizador de agua, pero lo hacía sin el mimo de siempre, como distraído, con la cabeza en otra parte. Tampoco era normal. En busca de un nuevo objetivo, algo que espiar, he enfocado a la villa de los Verino. Esta noche han cenado escalopines de ternera, surtido de ahumados y ensalada de frutas. No he visto a la señora rubia. Su sitio estaba ocupado por el pelón de la moto, todo él sobre el plato, los codos a los lados, sin decir ni una palabra. La joven del servicio iba vestida con un uniforme corto, azul claro, con los botones de la camisa a medio abrochar hasta desaparecer dentro del delantal. Caminaba lenta, sin apresurarse, sirviendo y retirando los platos mientras la pareja de chavales continuaban con los empujones y el hombre sentado a la cabecera de la mesa solo separaba los ojos del periódico cada vez que ella pasaba por su lado. Un rato y el cabeza rapada ha tirado la silla para atrás, ha lanzado la servilleta y, sin despedirse, ha abierto la verja, subido a la moto y se ha largado. Poco después, los chavales han hecho otro tanto, han montado en sus bicicletas y han desaparecido calle abajo. No los he perseguido, prefería continuar observando la mesa, ver lo que iba a suceder a continuación. Y lo que he visto es a la joven de azul ir a sentarse en el otro extremo, acomodarse contra el respaldo y colocar una pierna en el brazo de la silla a la vez que se daba aire con el delantal. Luego, la joven ha señalado un vaso y el hombre se ha puesto de pie, le ha servido vino, un momento, y se ha metido en la casa para regresar de inmediato acarreando un plato en cada mano. Ella, con actitud aburrida, le ha hecho un gesto para que se retirase y ha comenzado a comer, sin cambiar de postura, mientras él, quieto, un paso atrás, esperaba la orden a continuación. Le he visto atento, con los ojos viajando de la falda entreabierta a la sandalia de la joven que oscilaba arriba y abajo, abriendo, cerrando, sin dejar de controlar la cadencia, imaginando el zapato negro de después, el de tacón fino y alargado. He vuelto a cambiar de objetivo y he descubierto que las hermanas Marsalis se han conformado para cenar con unos bocadillos, queso y abundante vino francés. No hay duda de que están solas, sus padres deben de haberse marchado de vacaciones. Al acabar, han llegado tres muchachos. Ahora están en la sala, todos descalzos, bebiendo cerveza y mirando la televisión. Una de ellas baila delante de uno de los altavoces, ida, oscilando con el ritmo de la música que solo ella escucha. Apunto al porche de los Matamala y ahora veo a Gabino, solo, sentado ante la mesa intacta, con un libro entre las manos. Hace con él una cosa extraña, parece sacarle brillo. Repasa con un algodón la cubierta del libro. Trato de leer el título, no sé, me pica la curiosidad. Doy al *zoom* y lo acerco. Pone: *GENOMA*. Las palabras son gruesas, de color negro sobre fondo blanco. No conozco de qué va eso, pero Gabino no deja de frotarlo, una y otra vez, con idénticos movimientos. Han discutido, estoy seguro. Bajo el rifle, lo guardo en su sitio, y voy a preparar la cena, algo sencillo, algo que no me resulte complicado. Ensalada y hamburguesas. Empiezo mientras Mara está en la ducha. Corto las hojas de lechuga, la zanahoria, las cebollas, el tomate, y lo lavo todo con gran cantidad de agua y dos gotas de lejía. A continuación, lo voy colocando en una bandeja siguiendo un orden. Primero la lechuga, la extiendo por el fondo y añado el tomate, cortado en dados, y los pongo en ambos extremos. Cojo el rallador, desmenuzo la zanahoria y la amontono en el centro, formando una especie de montículo, y coloco los aros de cebolla alrededor. Por último, sitúo las aceitunas de manera simétrica, en filas verticales, siguiendo una pauta alternativa, una verde, una negra. Contemplo mi obra, me parece correcta, y acto seguido introduzco la bandeja en la nevera, saco dos hamburguesas y pongo la sartén en el fuego. Alargo la mano para alcanzar el aceite, abro el salero, pellizco una porción, la echo en la sartén. Observo la sal, cómo cambia de color. Entonces caigo en la cuenta de que estoy friendo sal. Reacciono con rapidez, vierto un poco de aceite y coloco las hamburguesas. De vez en cuando las voy pinchando con el tenedor, la cocina se llena de humo. Es lo primero que dice Mara nada más entrar. Luego, le da al botón del extractor. Yo permanezco con la mirada fija en los trozos de carne, en el jugo rojizo que desprenden. Observo la sartén, el fuego, la carne que comienza a coger una tonalidad oscura, cada vez más oscura. Puedo distinguirlo a través del humo. Es un color feo y negro, cada vez más feo, más negro. No reacciono. Es ella quien aparta la sartén del fuego. «Las estabas quemando», dice.

En la mesa, Mara bebe agua, sostiene la jarra llena de hielo, la vuelca sobre el vaso. Yo no, yo prefiero vino, tengo la botella de vino rosado metida dentro de la cubitera y al alcance de la mano. Me sirvo otra copa. Mara dice: «No bebas tanto». Apuro el vaso y vuelvo a llenarlo. No tengo hambre, la visión de la carne me da arcadas y separo el plato, lo alejo hacia Mara. Solo pruebo algo de cebolla y de zanahoria, voy picando un poco de cada. «Yo sé lo que te ocurre», dice Mara con voz cantarina. Todavía tiene el pelo mojado y va vestida con una de mis camisetas. Le veo en el rostro unas manchas rojas, como granos, esparcidas por la piel de las mejillas. Continúa hablando, lo hace con entusiasmo. Dice: «Te sucede lo mismo que a mí, no puedes esperar el momento de abrazar a la niña, ¿te lo imaginas?, nuestra hija, su cuerpecito, las manos, sus dedos, en tus brazos». Mastica un trozo de hamburguesa, tiene la mirada distante, soñadora. Añade: «Me muero por tocarla». Trago saliva y carraspeo. Vacío la copa. Veo la imagen y lo que más me llama la atención son los calcetines de la niña. Son unos calcetines minúsculos, casi tan insignificantes como sus pies. La miro. Es un ser pequeño, inmenso, tan inmenso que aun sin haber nacido ya me aplasta. Será lo suficiente. Me pongo a temblar. Es ridículo, me digo. Me esfuerzo en sacarme de la cabeza este tipo de emociones, no me sientan bien, pero es en vano. Cuando comience a mentir, a negarme, a abusar de mí. No, no me conviene reflexionar. Para evitarlo, y con tal de no seguir contemplando la imagen de la niña, me dedico a observar a Mara mientras come, es la mejor manera. Veo cómo desgaja un trozo de hamburguesa, se lo introduce en la boca y lo mastica. La náusea pasa a ocupar el sitio de las emociones. Es repulsiva. No lo entiendo. Mara es una desconocida para mí, pienso de repente. Se lo suelto. Digo: «Eres una desconocida, no sé quién eres». Ella se pone a reír, la boca llena. Bebe un sorbo de agua. Un momento y dice: «Vale, ahora me sales con estas». Sigue con las risas, se contiene y trata de aparentar seriedad. Dice: «Ahora vas a preguntarme con cuántos hombres me he acostado». «Solo hace un año que te conozco», le advierto. «Más de año y medio», precisa ella, y parece que se queda satisfecha con la corrección. Añade: «Es la luna, Jabo, no le des más vueltas». Apuro otro vaso y vuelvo a llenarlo. Mara afila la mirada, no le gusta lo que hago. Un rato y veo que traga el último trozo de carne. Enciendo un cigarrillo, me lo pongo en los labios y me levanto para retirar los platos. Ella dice que de postre quiere sandía. Voy a la cocina. Termino de fumar apoyado en la nevera, sumerjo la colilla en el fregadero, la lanzo al cubo de la basura. Recojo la sandía, unos cubiertos, un plato pequeño y vuelvo al jardín. Lo dejo delante de ella. Mara dice: «Eres un sol». Retorno a mi sitio dando una vuelta entera alrededor de la mesa. Tardo lo mío antes de formular la pregunta.

Acerco la silla, me siento, cruzo las piernas. Digo: «¿Con cuántos?». Ella me mira, hace ver que no lo comprende, que no sabe de qué hablo. Se lo repito. Digo: «¿Con cuántos te has acostado?». Mara suspira mientras un reguero de zumo de sandía le resbala comisura abajo. Sacude las manos como si no pudiera acabar de creerlo. Alcanza la servilleta, se limpia. Dice: «Esto no viene a cuento». Sé lo que está pensando. Está pensando en el tipo bien parecido con el que salía antes de conocerme. Lo sé, lo adivino en su expresión, es una expresión elocuente. Digo: «Te lo pregunto en serio». Ella se entretiene apartando las pepitas. Abstraída, las agrupa en una esquina del plato y no me responde. Insisto, la interpelo otra vez. Al cabo, dice: «Cariño, no he vuelto a pensar en él, ¿cómo quieres que te lo diga?; desapareció sin más, es agua pasada». Recuerdo que la maltrataba, los golpes, los moretones. Los gritos en toda la calle. Me pregunto si era eso lo que le atraía de él. Enciendo un cigarrillo y me sirvo otra copa de vino. Sé que miente, lo sé, reconozco el tono, ha sido ella quien le ha mencionado, no yo. Estoy en lo cierto, continúa con ese tipo en la cabeza, comparando. Estoy seguro de que si yo no me hubiera encargado de él, continuarían viéndose a escondidas. No hay duda. Abro bien los ojos. Pregunto: «¿Me lo juras?». Doy un trago, la observo por encima del vaso. Me alucina ver cómo asiente, cómo dice que sí. La energía que utiliza, el esfuerzo.

Enciendo la luz de la piscina con tal de recorrer todo su perímetro y ver por dónde camino. Miro el resplandor dentro del agua, su reverberación azulada. Estoy así un rato. Es fácil quedarse ensimismado, es un azul que relaja, y todo acompaña, la noche es tranquila, sin ruidos. Mara debe de estar durmiendo, hace rato que ha ido a acostarse. Ha subido sin decir nada, sin darme las buenas noches siquiera. Es curioso, pero no me importa. Dejo el azul, camino por el pequeño terraplén y tomo asiento apoyando la espalda en el tronco del ciprés. Miro a lo alto, al árbol, bien recortado, como una flecha, apuntando hacia arriba. El árbol de camposanto. De noche no es tan sobrio, parece menos siniestro, casi diría que me gusta. Estoy acostumbrado a este tipo de cosas, durante el día se ve todo diferente. Es por culpa del sol, el sol distorsiona la vista. El sol con su luz que todo lo quema, que te impide hacer las paces, reconciliarte, que no te deja decidir. De noche, las cosas están más claras. Es lo que pienso. Reclino la cabeza, noto la rugosidad del tronco, del tiempo. Se está bien, podría pasarme así la vida. No sé, el silencio. Cierro los ojos. Oigo el retumbar de una moto a lo lejos y sé de quién se trata, es uno de los Verino, el rapado de los Verino. Me incorporo. Un día tendré que ocuparme de él, me tiene harto con su constante ir y venir ruidoso. Ya no estoy bien aquí, no es lo mismo. Mientras voy a la casa, me digo de prepararme una copa. Pienso qué me apetece y no tardo en decidirlo, un malta. Estoy abriendo los armarios de la despensa cuando suena el teléfono. Aprieto los puños, estas no son horas de molestar a la gente. Lo descuelgo en la cocina. Agarro el auricular, grito: «¡Sí!». Pretendo dejar sordo a quien sea que esté al otro lado de la línea. «Soy yo», oigo que me dice. Es mi padre. No reacciono. Dice: «¿Cómo estás, hijo?». Permanezco callado. Le escucho toser, lo hace un par de veces. Son toses secas y cortas. Está a la espera. Un instante y por fin consigo balbucear algo. Lo hago sin inflexión en la voz. Digo: «Bien, todo va bien». Comienza a hablar. Adivino lo que está haciendo mientras tanto, me lo imagino. Está dibujando garabatos en un papel, estoy seguro. Mi padre es una de esas personas que no puede hablar por teléfono sin dibujar alguna cosa. Es una costumbre de los viejos tiempos, una manía. Utiliza los sobres del correo comercial, de los bancos, de todo lo que encuentra en el buzón. Los desdobla, los recorta y luego los amontona, junto al teléfono, en la mesita de la sala. «Es para tomar notas», me decía. Ahora pronuncia mi nombre, dice algo, pero no presto atención a sus palabras. Estoy pendiente de oír los trazos del bolígrafo sobre el papel. Eleva la voz, dice: «Jabo, ¿me estás escuchando?». No digo nada, inclino la cabeza y me llevo una mano al puente de la nariz. Lo aprieto, lo aprieto con tanta fuerza que consigo hacerme daño. «Tenemos que hablar», dice. Continúo apretando.

«No te lo pediría si no fuera importante», explica mi padre. Se refiere a dinero. Mi padre llama para pedirme dinero, esa es la razón de su llamada. Una razón tan buena como cualquier otra. Le he dicho: «No tengo nada», y él me ha replicado que debo de estar cobrando algo, el desempleo, un sueldo, lo que sea. La sensación de vértigo que vuelve, que me agarra, que me da vueltas hasta convertirme en un pelele. Mi padre dice: «Es para tu madre, tenemos que ingresarla, lo han dicho los médicos». Lo suelta como si eso fuera un argumento. Los médicos. A mí no me merecen ningún crédito, son todos unos mirones. «Tenemos que vernos, Jabo, tenemos que hablar», repite mi padre. «No puedo», digo yo. No quiero saberlo, no me interesa nada de lo que pueda decirme. Una pausa, espero, y él vuelve a insistir. Dice: «Jacobo». Así es como me llama cuando pierde la calma. Quiere impresionarme, lo sé, no ha cambiado, siempre los mismos trucos. «Es urgente», oigo que me dice. Continúo mirando al suelo, el puente de la nariz a punto de quebrarse. Me gustaría decirle que no vuelva a molestarme, que no se atreva, que ya está bien. En vez de eso, digo: «No puedo». Oigo su respiración, es fuerte, reprimida para no estallar. Y lo que también oigo, o eso me parece, son las tachaduras que hace, con furia, sobre los garabatos en el correo comercial. «Jacobo —dice—, iré mañana a verte.» «No puede ser —replico con rapidez—, mañana tenemos invitados.» «A primera hora», insiste. Digo: «Que no». «Jacobo, por favor», pide. «Otro día», le propongo. Y aguardo. Confío en que no continúe. «Por el amor del cielo, Jabo», ruega. De nuevo, utiliza mi nombre. Otro truco. Mi padre dice: «Iré de todas formas, no puedes impedírmelo». Esto me asombra, es la primera vez que le veo ponerse firme en algo. Me hace dudar, estoy a punto de ceder cuando oigo que dice: «¿No se lo podrías pedir a Julián? Solo por esta vez, no creo que a él le importe, le tenemos en alta estima, él lo sabe». Le explico que Julián está fuera, que no sé cuándo va a volver. Digo: «A lo mejor no vuelve». Tengo ganas de colgar, interrumpir la conversación. Entonces me doy cuenta de que no me pregunta por el bebé, no dice nada sobre eso, es un tema que le trae sin cuidado. Tengo curiosidad por ver si lo acaba haciendo. La voz al otro extremo de la línea suelta un suspiro de resignación. Digo: «Tengo que colgar». «¡Espera!», grita el anciano. Espero un instante. Dice: «Mañana, por favor». Tanta insistencia me enfurece, voy a decir una gorda cuando pienso en otra cosa, es una posibilidad y no lo medito. Digo: «No, mañana no, ven ahora si es tan importante, ahora mismo». Miro el reloj de la cocina, es casi medianoche, no es tan tarde. Además, la ciudad no está lejos, es un escaso centenar de kilómetros. Digo: «Es un paseo». Tan solo es un paseo, pienso para mí. El paseo de los tristes. De nuevo las toses, más trucos, está incómodo, él mismo se ha puesto en el disparadero, me lo ha servido en bandeja, ¿no era tan importante? Carraspea, dice: «De acuerdo». Le cito en el puerto, no quiero que venga a casa de Julián y la vea. Le indico que nos encontraremos en un bar, y escojo el de antes, le digo que es el último de la zona comercial, que no tiene pérdida. Digo: «Yo te localizaré». Voy a colgar, pero él me dice: «Deseo aclarar las cosas, Jabo». Cuelgo. Yo no quiero aclarar nada. Vuelvo a la despensa y me preparo una copa, la bebo de un trago, me sirvo otro malta y subo con el vaso a la buhardilla. Abro el armero y retiro el rifle, me siento ante el ventanal. Apunto. No tengo prisa, no hay ninguna. Doy un vistazo alrededor, las luces. Solo veo luces. Arriba, abajo, por los lados. Cierro los ojos y sigo viendo luces detrás de los párpados. Procuro lo de siempre, dejar la mente en blanco, no pensar en nada. Noto en el pecho un rebotar acelerado. Esto me molesta, significa que todavía consiguen alterarme. Mis padres. Los malditos. Enciendo un cigarrillo. En realidad, sí que estoy pensando en alguna cosa. Ella. La voy a ver. Las piernas largas y esbeltas, la falda corta. La sonrisa de la muchacha. Estará, sé que estará. Así mato dos pájaros de un tiro. Tengo tiempo antes de que llegue mi padre. Mi padre, papá, el gran indiferente. Coloco el rifle en el armero y elijo uno de los revólveres. Lo cargo, hago rodar el tambor, compruebo el seguro. Luego, me lo encajo en la cintura de los vaqueros, lo escondo bajo los faldones de la camisa y salgo del desván. Ahora me toca escoger el coche, uno de los cuatro. Pienso en ella, en la camarera; es joven, impresionable. Se me ocurre el Saab, pero al recordar al anciano, lo dejo estar y me subo al Audi. Creo que es lo apropiado.

Aparco delante del bar, salgo del coche y lo dejo con la ventanilla abierta. Queda mejor así, más elegante, indica mundología. En público, hay que tener cuidado con los detalles, estar pendiente de los símbolos que esconden mensajes. Voy hasta una de las mesas desocupadas, me siento y, mientras espero, enciendo un cigarrillo. Soy consciente de las miradas en mi dirección, no devuelvo ninguna y finjo estar por encima. La música es agradable. «Bonito coche», dice alguien. Es la muchacha del bar, la mujer preciosa. «Sí», digo yo. Añado: «Bonito bar». Ella dice: «Pero no es mío», y sonríe. Al hacerlo, unos hoyuelos le aparecen en cada mejilla. Tengo que decir algo, es mi turno. Comento que es una noche tranquila, que no hay mucha gente, y ella explica que la gente viene luego, un poco más tarde, que esto se pone a rebosar. «Hay mucho trabajo aquí, no tengo ni un momento libre», dice. «Yo te puedo echar una mano, si quieres», digo, aparentando naturalidad. A continuación, pregunto: «¿Cuánto me pagarías?». Ella sonríe de nuevo, dice que a un hombre con un coche así no se le puede pagar suficiente. «Es una pena», le digo. Y sostengo su mirada, no quiero que lo averigüe. Me pregunta qué quiero tomar y le digo que un malta, dieciséis años, sin hielo. Dice: «Ahora mismo te lo traigo», y se aleja. Al rato, vuelve, deja un posavasos en la mesa, la bebida y se sienta a mi lado. Dice: «Invita la casa». Cruza las piernas, se acomoda, me señala. Dice: «Tú eres el de esta tarde, el de la mujer embarazada». Le respondo con un lacónico sí y no sé qué añadir a continuación. Un instante y digo: «Ella lo comprende». La muchacha se pone a reír. Es una joven de risa fácil. Alcanzo el tabaco, saco un cigarrillo y le ofrezco uno. Fumamos en silencio, damos varias caladas. Las mías son largas y profundas; las de ella, cortas y espaciadas. «Está llena», digo yo. Y señalo la luna como un idiota. Levanta la mirada, la contempla, no dice nada. Aprovecho para estudiar su perfil, es delicioso. Los labios. Se me enciende el interruptor y veo la posibilidad, el posible tobogán, y yo cayendo, cayendo por él, por ella, resbalando en un cúmulo de pieles, posturas y esfuerzos. Doy otro trago. La joven desvía los ojos hacia mí. Dice: «En realidad, yo soy bailarina». Mientras cuenta su historia, decido rechazar la opción y cierro el interruptor. Es una posibilidad que no me conviene, demasiadas risas. Además, estoy muy ocupado para pensar en eso. Sin embargo, sé que voy a lamentarlo, por ella, por el tobogán. Me pregunto qué hago aquí. Enciendo otro cigarrillo, suelto un comentario y ella vuelve con la risa tonta. Entonces dice que es bonito lo de esperar un bebé. «¿Ya sabéis lo que es?», me pregunta. «Sí —respondo—, un niño.» «Es fabuloso

—opina ella—, aunque yo, si pudiera elegir, preferiría una niña, creo.» «A mí me da igual —explico—, pero mi mujer dice lo mismo que tú.» La muchacha asiente, dice: «Claro, es comprensible». Digo: «Mi mujer lo comprende, mi mujer lo comprende todo». «Eres un hombre afortunado», sentencia. Nos miramos, trato de saber si lo dice con segundas. Doy un sorbo y ella coge otro cigarrillo. Después de encenderlo, mira hacia el Audi, la mirada es apreciativa, baja la voz. Dice: «¿Está pasando algo?». «¿A ti qué te parece?», murmuro. Echo un vistazo al reloj, veo la hora. Ella pone una mano sobre mi muñeca, descruza las piernas y se adelanta hacia mí. Noto su presión en mi piel, la caricia. A mí me parece bien. No obstante, digo: «Eres muy joven». «Y tú», replica. «¿Yo? —se me escapa—. No tan joven, veintidós.» No suelta mi mano, no se endereza, no sonríe. Dice: «¿Qué es lo que quieres?». Yo pienso en mi padre, en la hora, en el momento que viene a continuación y no contesto. Coloco mi mano sobre la suya y me quedo así, mirando hacia el suelo, negando con la cabeza. Ella retira la mano, la guarda. Dice: «No te entiendo». Separa la silla y se levanta. La oigo marcharse. No me muevo, me quedo solo, con la vista clavada en el asiento vacío. Al cabo, reclino la espalda y alcanzo el paquete de tabaco. A mí ya me está bien, ya sé lo que quería saber, lo tengo. Lo sigo teniendo. Es suficiente.

Le veo antes que él a mí. Camina con paso inseguro, la cara abotargada por el calor, mientras va esquivando a la gente que se amontona al lado de los coches. Tiene un pañuelo en la mano, se lo pasa por la cara, por el cuello, pero principalmente por la nuca y la calva. Viste camisa blanca de manga corta, sin planchar, y unos arrugados pantalones de color gris. Desde lejos, parecen una talla mayor. Eso, o es que ha perdido peso. Los lleva sujetos con un cinturón barato, negro, de hebilla clásica. Tiene el rostro hundido, con bolsas debajo de los ojos, y en su expresión leo algo más que el ansia de encontrarme. Doblada en el brazo, cuelga la americana gris a conjunto con los pantalones. Es su uniforme de viajante, el de verano. Solo falta la corbata. No sé, pero imagino que debe de llevarla en uno de los bolsillos de la chaqueta. Estoy seguro. Me levanto, sacudo la mano y me descubre. Esboza una sonrisa, se abre paso entre el gentío y, cuando llega a mi mesa, acerca su cara a la mía para darme un beso. Tengo que bajar la cabeza y no lo hago, no puedo hacerlo. En vez de eso, me pongo tenso y le tiendo la mano. Mi padre se cambia la chaqueta de brazo, me la estrecha. Dice: «Hola, Jabo, ¿cómo estás?». Voy a contestar, pero me doy cuenta de que no sé cómo dirigirme a él. Padre, papá, Gabriel. Nunca le he llamado por su nombre, es una cosa rara esta. No le digo nada, le indico la mesa y me siento. El anciano mira, desconcertado, dónde dejar la americana. Entonces se le ocurre que en el respaldo de una silla, se dirige a la mesa de al lado, pregunta: «¿Está libre?», y la señala. Después de obtener la respuesta, la acerca, dobla la chaqueta con cuidado, con el forro por fuera, y procura que las mangas queden bien estiradas en el interior. Una vez satisfecho, limpia el asiento, pasa el pañuelo de forma mecánica. A continuación se sienta. Por los gestos deduzco que no está cómodo, debe de hacer años que mi padre no acude a una terraza. Le veo observar el local, a la gente, removerse inquieto. No tiene buena cara. Cuando me mira, baja la vista. Ve mi copa, el resto del malta. Dice: «Sigues bebiendo». Me llevo una mano a la barbilla, no replico. Descubre el paquete de tabaco. Sé lo que va a soltar ahora, no podrá resistirlo. En efecto, me pregunta si todavía fumo. Dice: «No es bueno, deberías dejarlo». Y me cuenta que él lo hizo, que todo es cuestión de fuerza de voluntad. Alcanzo el paquete, extraigo uno. Digo: «Sí». Y enciendo un cigarrillo.

Dice que las cosas no van bien, que ella va de mal en peor, que los médicos hablan de ingresarla y que eso cuesta mucho dinero. Dice que él es solo un viajante jubilado, que su único fallo ha sido tener siempre a la familia en primer plano —«jamás he gastado ni un centavo para mí»—, que todo lo ha hecho por ella y que la vida no le ha tratado bien, que él no se merece esto. Repite que solo ha cometido el error de no haber pensado antes en lo de los planes de ahorro, que nunca le han gustado los planes de jubilación —«tú lo sabes, Jabo, la planificación no es mi fuerte»—, que nunca hubiera pensado, ni por lo más remoto, que una cosa así pudiera pasarle a nadie y menos a él. Dice que es un ingenuo, que es un mal comerciante, que no ha sido previsor y que ahora le toca pagar por ello. Dice que no ha tenido más remedio que volver a trabajar —«a mi edad, Jabo, cuando otros descansan»—, que ha encontrado un puesto de representante de una empresa de artículos de escritorio —«fue muy duro, Jabo, tuve que suplicarlo»—, que es un buen producto, pero que no puede dejar a su mujer sola en casa. Y lo mejor de todo: dice que ahora sabe la verdad, que él es un fracasado, que nunca ha sido nada, que es un perfecto inútil. Dice que no se ha portado bien conmigo. La verdad, nada de lo que dice me extraña. La mitad de las cosas ya las sabía. Dosifico el poco malta que me queda. No me he acordado de coger dinero al salir de casa y no creo oportuno decirle a mi padre que me invite a otro. Él no bebe nada. Cuando se ha acercado la camarera, le ha dicho que no, que gracias, pero que nada por el momento. Es una situación peculiar.

Mi padre dice que ella necesita atención médica, que a veces ni le reconoce, que ahora le ha dado por decir palabrotas y que no para de insultar a todo el mundo. Dice que se lo hace encima, que ya no es dueña de sus actos, que es terrible cuando se pone violenta. Pero que también tiene sus momentos lúcidos. Dice que entonces pregunta por mí, por el pequeño de sus hijos, que quiere verme, que necesita abrazarme. Mi padre dice que ya conozco a mi madre, que es una orgullosa, que nunca aceptará que se ha equivocado conmigo, pero que todo lo ha hecho por mi bien. Que es mi madre y me quiere. Dice que mi madre está destrozada. Dice que el hecho de no verme la hace empeorar. Desvío los ojos y echo una mirada por la terraza. Está repleta, se ha ido llenando y yo sin darme cuenta. Mi padre tratando de justificar que mi madre se siente mal por no verme. Hasta ahora pensaba que lo más ridículo era ver a una actriz, a un actor, explicando su personaje. Estaba equivocado, hay una cosa todavía más patética. Me fijo en las personas, los rostros morenos, despreocupados. Ellas visten de manera sensual, provocativas, con ropas caras, de marca. Lo mismo hacen ellos. Veo a un tipo que va vestido como si acabase de finalizar una regata pero que estoy seguro de que no ha subido a un barco en su puñetera vida, las prendas son demasiado nuevas, muy conjuntadas, resultan excesivas, todo encaja hasta el más mínimo detalle. Es un farsante, como el resto. De todas formas, hay ambiente. Es una lástima que no disponga de dinero, si no, vendría más a menudo. Es un sitio bonito, no es desagradable, se está bien. Termino el malta, lo apuro hasta la última gota, y miro a mi padre. Le veo fuera de lugar, desentona. Le digo que ya está bien de estar aquí. Y añado: «Vámonos». Pienso que, con tal de sacarlo de la terraza, le puedo llevar a ver uno de los yates de Julián. Está junto a los de gran calado, en el muelle del fondo, y la zona es solitaria, alejada. Lo cierto es que no recuerdo exactamente dónde está amarrado, pero ya lo encontraré. Julián casi no lo utiliza, solo para pescar de vez en cuando, y es por este motivo que lo quiere vender. No tiene prisa. Yo creo que es un buen barco, a mí me gusta, pero a mí me gustan todos. Le digo a mi padre que me siga y le veo coger la americana, doblarla en el antebrazo y situarse detrás de mí. Al abandonar la terraza, la camarera me hace un gesto de despedida. Finjo que no lo he visto y continúo caminando. No estoy para gestos. De ninguna clase.

No ha sido una buena idea lo de enseñarle a mi padre el barco de Julián. Tenía que haberlo previsto, no sé en qué estaba pensando. Mi padre, nada más llegar al amarre, ha comenzado a insistir en que tengo que hablar con Julián, en que tengo que pedirle dinero, en que Julián se hará cargo de la situación. Que lo entenderá. Mi padre dice que mi madre le quiere como a un hijo *—mira a Julián, mira lo que tiene, lo que es, tú no eres nada, eres como tu padre, nunca serás nada—*, que para ella siempre ha sido uno más de la familia. Y me recuerda la época de la universidad, las veces en que se quedaba a comer en casa, cuando estudiábamos juntos. A continuación, se remonta todavía más, a los tiempos del instituto, a las temporadas de vacaciones. Habla de aquello como si lo tuviera muy fresco en la memoria. Habla y habla, pero no mira ni una sola vez el barco de Julián. Es lo mínimo que podría hacer, pienso yo, al menos por educación. En vez de eso, se sitúa frente a mí, me agarra de los hombros y dice: «Jabo, tienes que hablar con él, te lo pido por favor». Pone tal énfasis que la americana se le cae al suelo. Me suelta, se agacha y la recoge. Cuando se incorpora, yo me he alejado un par de metros. No me gusta que me toque. Le veo sacudirla, lo hace con delicadeza, como si fuera de marca. Luego la dobla hacia dentro, otra vez vigilando las mangas, el forro, y la sitúa de nuevo sobre el antebrazo. Me gustaría decirle lo que opino de eso, lo que pienso en realidad de todo el asunto. Pero no quiero hablar con él. Mi padre ha permanecido con la boca cerrada los últimos veinte años, que no la abra ahora. Lo que quiero es que me deje en paz. Se lo digo. «Déjame en paz.» No quiero escucharle. Protesta. Dice que esto no puede ser, que no es natural. Le miro de arriba abajo, con desprecio. Este hombre habla de lo natural y a mí me entran ganas de reír. Unas ganas enormes. Recuerdo las palabras nocivas, las palabras nocivas que titulan todas mis actitudes. Son tantas que tengo donde elegir, el archivo es gigantesco. Y cada una de ellas pronunciada con una sola intención: herir. No veo en eso nada natural. Mi padre dice: «Es tu madre, y está enferma». En eso tiene razón. Mi madre es una mujer muy enferma, lo ha sido toda su vida. Hizo todo el daño que pudo, la demolición a conciencia. Hubiera conseguido lo mismo de haber apoyado un revólver en mi estómago y apretado el gatillo. Una muerte lenta, agónica e inservible. Podría decirle esto, pero no tiene sentido. Él no lo iba a entender. Mi padre nunca ha entendido nada, se ha pasado la vida entera inhibiéndose *—no dejes que lo haga, papá, no permitas que me siga negando—*. Me llevo la mano a la cintura, acaricio el arma por encima de la camisa y pienso que esto sí, esto lo podría entender. Saco el revólver, le apunto a la cara, entre los ojos. Digo: «Esto es natural». Mi padre levanta las manos, se le cae la americana, no intenta recogerla. Esto es un triunfo, pienso para mí. Esbozo una sonrisa. Digo: «Eres un judas». Le miro, me mira, ya tengo bastante, no tengo nada. Guardo el arma y me doy la vuelta. Camino hacia el coche. Mi padre, sin moverse, grita: «¡Estoy solo, Jabo!». Entonces baja las manos. Me detengo. Desde la distancia, le pregunto: «¿Y Jaime, y Joaquín, acaso no cuentan?». Jaime y Joaquín son mis dos hermanos, los dos mayores que yo. Jaime es ingeniero; Joaquín, arquitecto. Ambos están casados y con hijos, no sé cuántos, hace tiempo que no sé nada de ellos. No nos hablamos. Mis hermanos son de la opinión de que yo soy un miserable, la oveja negra de la familia, un amargapadres. Mi padre se acerca. Cuando llega a mi altura, dice: «No puedo contar con ellos, ya sabes cómo son, tienen sus carreras, sus vidas, no puedo hacerlo». Una pausa, se interrumpe. Traga saliva y dice: «Ellos no deben saber nuestra situación». Mi padre, contemplado así, a la luz de la luna, no parece lo que es. Lo dejo estar. Voy hacia el coche, le oigo los pasos tratando de alcanzarme y apresuro los míos. Me instalo en el asiento y cierro la puerta. Le oigo hablar a través de la ventanilla abierta, distingo su voz entre la del gentío que ahora es de escándalo. No me lo imaginaba así. El ambiente es muy bueno, de veras. Doy al contacto y arranco como siempre, con suavidad. Mi padre camina unos metros al lado del Audi, habla, dice algo. Pero no dice nada interesante. Repite no sé qué de lo mucho que me quieren y ni siquiera menciona al bebé. Acciono el botón elevalunas. Tomo por la salida y acelero. Cuando miro por el retrovisor no veo ni rastro de él ni de su maldita americana. Por cierto, era una americana horrorosa.

Muevo el rifle, doy un barrido general y compruebo que todo esté tranquilo, en orden. No hay novedades.

Descubro a Serafín, el guarda del último turno, haciendo su ronda. Viene por la cuesta, a poca velocidad. Dentro del vehículo brilla la brasa de un cigarrillo. Oscila, impaciente, me imagino, por acabar su jornada. Solo le faltan un par de horas, lo justo para que amanezca. Deja atrás un coche aparcado, el único de toda la calle. Lo reconozco, es el mismo que el de esta tarde, el de color gris plata, ahora plata oscura. Bajo el rifle y me restriego los ojos, los tengo irritados por la falta de sueño. Camino por la buhardilla. Es lo de siempre, no puedo dormir. Pienso y me vienen a la memoria las instrucciones de Julián, pero ahora no tengo ganas, estoy cansado. No me apetece entretenerme en buscar papeles y disquetes en su despacho. Lo haré por la mañana, a primera hora. Quiero hacer algo que valga la pena, no sé, algo distraído, pasar el tiempo. Preparo una copa. Veo la palanca y abro el armero. Repaso las armas, están limpias, impecables, cada una en su sitio. Lo cierro. Doy una ojeada a los vídeos en la estantería. Veo la caja de zapatos. La alcanzo, la abro. Aquí es donde guardo mis papeles importantes. Los reviso. A medida que los leo, los voy tirando al suelo. Son mis papeles, mi pasado. Aquí está todo. Las notas que le escribía a Mara cuando yo trabajaba de noche, las reflexiones en la época de la facultad, mis frases, mis ideas. Son las hojas que marcan los daños, los silencios. Mi vida en unas cuartillas. El pacto con Julián, los desencantos. Lo bueno y lo malo, hay donde escoger. Mis sentimientos. Elijo una al azar y leo: «Yo no soy solo yo, soy mucho más que yo, diga lo que diga esa mujer». Lo recuerdo, fue en casa, era apenas un chiquillo. Ahora me parece una simpleza, la clase de cosas que uno escribe cuando necesita desahogarse. Me da vergüenza. La dejo caer al suelo, junto a las demás. Busco otra, la leo, la reconozco. Es de cuando Julián y yo vivíamos en la ciudad del laberinto. Un día decidimos formar, como negocio, una patrulla en defensa del suicida. El asunto era sencillo: consistía en quitar de encima a los moscones que se dedicaban, con intenciones de origen diverso, a sermonear al individuo que estaba dispuesto a saltar al vacío. La idea nos pareció sugestiva en aquellos momentos, pero nunca averiguamos si hubiera funcionado como negocio. Se le ocurrió a Julián, yo la apunté entonces y la suscribo plenamente. Me pongo en la situación del que se arrima a la cornisa y pienso que si alguno se pusiera a charlar conmigo de sus problemas, de los míos, de cosas así, sería francamente mortificador. No sé, es lo que pienso. Suelto la hoja. Saco otra, la leo, esta habla del tercer miedo. No me interesa y elijo otra. Tampoco. La siguiente se refiere a las voces interiores, esto es cuando dejé de estar solo. Mis mecanismos de defensa. Doy la vuelta a la caja y la vacío de todo su contenido. Las hojas caen haciendo extraños planeos, lentamente, hasta acabar quietas, esparcidas por todo el suelo del desván. Ha sido bonito, espectacular. Mis sentimientos dando vueltas en el aire, columpiándose delante de mis ojos. Me agacho, abro los brazos y recojo las máximas que puedo. De nuevo de pie, las suelto, pero ahora les doy impulso hacia arriba, para que tarden más en caer. Quiero contemplar la caída, es una lluvia de momentos. Me gusta. Lo vuelvo a hacer. Estoy sudando, muerto de sed. Me tomaré otro malta. Y este, que sea doble. Voy hasta el pequeño bar pisando las hojas, mis hojas, y preparo la copa. Bebo un sorbo, otro más. La apuro de un trago y me descalzo. Me pongo a caminar sobre las palabras, poco a poco, con cuidado de no dar un resbalón. Me quito la camisa y continúo, algo más rápido. Le cojo confianza al asunto, pero estoy empapado. Me detengo, me quito los vaqueros, los lanzo al sofá. Vuelvo a caminar, sigo haciéndolo, ahora corro, voy dando vueltas. Paro otra vez y termino de desnudarme. Doy un salto, y otro. Estoy saltando. Comienzo a correr pisoteando las cuartillas, más rápido, más fuerte, más ruido, más daño. Estoy así hasta que no puedo más. La cabeza me da vueltas, es por los calores, y me desplomo al suelo. Pegajoso, lleno de sudor. Me tumbo sobre las páginas y se me enganchan en la espalda las hojas de mi pasado. Me revuelco, me hago rodar, de un lado para otro, y a medida que ruedo, a medida que las hojas se adhieren a mi piel, trato de agarrar alguna hasta que lo consigo. Choco contra la estantería, me doy de bruces. No puedo más. Respiro hondo y solo lo logro de forma entrecortada, discontinua. Decido abrazarme, necesito hacerlo, es una bobada, pero nadie se va a enterar. Doblo las piernas contra el pecho, me encojo, las sujeto con las manos llenas de hojas. Soy un feto, como la niña de Mara. Escondo la cabeza y aprieto los puños que arrugan las páginas, todo yo agarrado a las cuartillas. Soy yo, me digo. Siento las hojas, me sostienen. No estoy solo, están conmigo, a mi lado. Noto un temblor, pero no es nada. Continúo quieto, abrazado, es lo menos que puedo hacer por mí. Soy yo, me repito. Soy yo.

No las habría visto si no hubiera entrado en la cocina con la cabeza medio inclinada y mirando al suelo. Hormigas, una fila de ellas, una fila enorme y larga de hormigas. Vienen de alguna parte detrás de los muebles de la cocina y van a desaparecer en uno de los armarios de la despensa. No lo soporto, siento una especie de alarma, la sensación de desastre, y voy al cuarto de las herramientas en busca de algo con que poder acabar con ellas. Encuentro un bote de polvo rosado, leo las instrucciones, esto servirá. Por si acaso, también llevo conmigo un par de tubos de pulverizador. Echo el polvillo rosa por encima de las hormigas y observo el desorden que provoco. La fila se deshace, corren desorientadas. En la desbandada, las rocío con ambos pulverizadores a la vez, uno en cada mano, mientras veo cómo sus cuerpos se apelmazan con el insecticida y se convierten en pequeños revoltijos inermes. Luego, armado con la escoba, barro el polvillo, lo barro todo, y lo tiro al cubo de los desperdicios. Es un asco. Salgo al jardín, respiro con hondura. Menos mal que las he visto a tiempo, me digo. Paso de las punzadas que laten en mi cabeza y enciendo un cigarrillo. Voy a la parte de atrás, camino con la cabeza agachada, y descubro más hormigas, están por doquiera que miro, pero a estas las dejo en paz, el jardín es su sitio. Acabo de fumar mientras decido lo que debo hacer a continuación. Las obligaciones. Regreso al cuarto de las herramientas, no me gusta lo que veo. Todo está amontonado de cualquier manera, en completo desorden. Me pongo manos a la obra. Comienzo por colocar el cortacésped en un extremo y el rastrillo, los escarificadores y el cortarramas en el otro, junto al portamangueras. La cizalla, la binadora y la escarda las agrupo y las dejo de pie, apoyadas contra la mesa de carpintero. Aparto la carretilla de en medio, cuelgo el capazo en un gancho, y dejo el recortasetos y las tijeras junto al arco de tronzar y las hachas. El resto lo apilo según tamaños y lo dejo encima de los sacos de sal. Para acabar, voy a la cocina en busca de los botes de insecticida y vuelvo a colocarlos en su estante. Entonces echo una ojeada. Parece otra cosa, todo en orden. Yo sería un buen jardinero, es algo que hay que tener en cuenta. Lo siguiente es controlar el nivel de agua en el aljibe, por si las moscas. Voy y levanto la tapa, me tumbo en el césped, me asomo. Es correcto. Lo cierro y me dirijo a la caseta de los motores de la piscina. Bajo los escalones conteniendo la respiración, abro el recipiente del cloro, saco dos pastillas y cambio el tiempo en el programador del robot. Me doy prisa en acabar, y cuando salgo de la caseta, respiro profundamente. Cabeceo. No me hacen ninguna gracia las emanaciones del cloro, son peligrosas, a la que te descuidas te dejan fiambre. Nada más pensarlo ya me escuecen los ojos. Voy hasta los cajetines, los abro, extraigo la hojarasca, introduzco las pastillas y los vuelvo a cerrar. Me siento en el borde de la piscina mientras observo las idas y venidas del robot encargado de su limpieza. Es a todas luces insuficiente, no da abasto. Contemplo sus avances, el azul artificial. De vez en cuando, las mangueras que sirven de propulsión al robot irrumpen fuera del agua, y el chorro, al perder fuerza, cae como lluvia fina sobre la hierba. Lo mejor es el ruido, el siseo de las gotas. Hipnotiza.

Descanso un rato hasta que me entran ganas de fumar y me llevo un cigarrillo a los labios. La mano me huele a cloro. Esto me da rabia. La noto, a ella, a la rabia. Con esta luz tan temprana es fácil de distinguir. Comienza el día y ya estoy harto. Es una reacción, solo una reacción, como si no pudiera evitarlo. Me revienta ese olor. Me revienta que vengan los amigos de Mara. Me revienta tener sed. Bien, está claro, hoy va a ser un día muy largo. Las cosas serían de otra manera si a Julián le fuera posible estar aquí, conmigo. De nuevo los pinchazos en la cabeza, debo ir en busca del antídoto. Me incorporo, voy a la casa y, antes de nada, me sirvo una copa, la medicina, y la bebo de un trago. Luego, me lavo las manos. Pongo el tapón en el sumidero, abro el grifo del agua y vierto gran cantidad de detergente. Froto con fuerza la una contra la otra. Las sumerjo, estoy un rato con las manos dentro de la pila. Mientras, cierro los ojos y pienso en la lista de las cosas que me quedan por hacer: pasar el aspirador por la sala, limpiar los cristales de las ventanas, quitar el polvo y, por último, que no se me olvide, regar las plantas de interior. Retiro las manos, me las seco y me sirvo otra copa, más antídoto, tan solo dos dedos, quizá tres, lo justo para coger fuerzas. Es temprano. Abro la nevera, alcanzo una cerveza. Cargado con el vaso y la botella, retorno a la piscina. Me siento cerca del trampolín, bebo un sorbo de malta, otro de cerveza. Al cabo, enciendo un cigarrillo. Llevo las manos a la nariz, las huelo. Lo que me temía, continúan oliendo a cloro. Es un fastidio. Rodeado por las volutas de humo, me digo que alguien tiene que pagar por ello. Giro la cabeza, miro en torno. No hay nadie y me río yo solo. Soy un caso. Recuesto la espalda. En el fondo, me hace gracia la ocurrencia. Alzo la copa y vuelvo a reírme en un brindis mudo. Lo pronuncio en voz alta. Digo: «Alguien va a pagar por ello». Apuro el vaso. Es gracioso, me repito. Lanzo la colilla a la piscina y enseguida me arrepiento, soy yo quien tendrá que recogerla. Me encojo de hombros. Desentona ahí, flotando en el agua artificial de color azul. El color azul. Le falta algo. De nuevo en voz alta, y a nadie en particular, digo: «Azul caribe».

Mara me sacude por el hombro, dice que me levante, que ya es hora. «Estabas durmiendo», dice. Da un paso atrás y agrega que no falta mucho para que lleguen los invitados. Dice invitados y a mí, en sueños, me suena mal la palabra, son sus amigos. Me despejo de inmediato. «Tienes los ojos rojos», dice con voz acusadora. Los restriego, los cierro, los abro. La veo delante de mí, de pie, con una mano en el estómago y la otra sujetando el arco de la espalda. Tiene cara de dormida, cara de enfado. No digo nada, ni siquiera me encojo de hombros. Solo aprieto los labios. Ella continúa protegiendo la panza. Va vestida únicamente con las bragas, la piel brillante por el sudor. Dice: «Estás borracho». Cruza los brazos sobre el pecho y me observa en silencio. Noto una pesadez en la cabeza, debo de haberme dormido un instante. Busco el paquete de tabaco y lo encuentro a mi lado, en el césped. Enciendo un cigarrillo. Mara da otro paso atrás sin separar los ojos de mí. Dice: «Te has pasado la noche bebiendo». Me señala, señala el vaso vacío, la botella de cerveza. Esto me revienta, no lo acabo de entender. Me pregunto qué tiene contra mí esta mañana, se lo pregunto. Mara dice que nunca entiendo nada, que soy un desconsiderado. El tono es suave, suena a falso. Descruza los brazos, los coloca debajo de la tripa y entrelaza las manos. Añade: «Mírate ahí en el suelo, te podías haber caído a la piscina, podrías haberte ahogado, ¿y entonces qué, eh?, ¿qué sería de mí, y de la niña?». Nos miramos, yo con la certeza de la mentira, ella con la duda bailando en los ojos. «Además —continúa diciendo Mara—, si tenías sueño, ¿por qué no has subido al dormitorio, conmigo?» No es eso, quiero decirle. La verdad es que no tenía sueño, simplemente me he puesto cómodo y me he tendido en la hierba un rato. Estoy perplejo por haber cerrado los ojos, no es normal en mí. Esto es lo que quiero explicarle. Voy a hablar, pero noto la garganta seca, rasposa. Suelto unas toses, una flema sale disparada de mi boca y me quedo estupefacto. Va a caer sobre una de las margaritas. Esto me confunde, primero porque se me ha escapado, y segundo porque haya ido tan lejos. Pongo cara de inocente. Carraspeo, digo: «Lo siento». Me incorporo y voy hacia el matorral, arranco la margarita en cuestión y, al girarme, veo que Mara está llorando en silencio, la espalda agitada por los sollozos. Dudo si debo consolarla o no y hago lo primero que se me ocurre. Nada. Espero. Un rato y Mara, por fin, se revuelve y dice: «Me dejas sola, Jabo, completamente sola, y no sé por qué, yo no te he hecho nada, no me lo merezco». La veo tomar aire, resoplar. Voy contando cada una de las negaciones, es lo de siempre, que no, que no, que no. Digo: «Sí», y me entra un nuevo ataque de tos. Mara se aleja un paso más, sorbe las lágrimas y esquiva mi mirada. Trago saliva, estoy abrumado, no sé a qué viene tanto reproche. Enciendo otro cigarrillo con tal de librarme de la tos. Doy un par de caladas, respiro hondo y ya me siento mejor. Voy a decir algo, pero me contengo, debería pensarlo, es mejor que antes lo reflexione. Mara agrieta el semblante, cambia la cara por completo, y con voz tensa dice: «No quieres a mi hija». Pretendo ir hacia ella y Mara retrocede. Dice: «No te acerques». Me detengo. Esto no es justo, me digo, yo no soy una amenaza. Mara sitúa las dos manos a ambos lados de la panza, inclina la cabeza y comienza a murmurar tonterías. Siento las gotas de sudor resbalando por el pecho, por la espalda. Levanto la mano, ella se encoge, como si tuviera miedo, y yo me enjugo la frente. Huelo raro, huelo mal. Ahora lo entiendo, es por mi olor, eso es lo que le molesta. Tengo el impulso de explicarle que es por el cloro, que las manos huelen al cloro de la piscina, pero no lo hago. Me limito a observarla hablando con el vientre, acariciándolo como si de una digestión se tratase, y permanezco quieto, en silencio. Mara, al margen de todo, murmura: «No temas, tesoro, mamá no dejará que nada malo te ocurra». Me mira de soslayo, con aprensión, atenta a mis movimientos. Digo: «No le digas eso». Mara alza el rostro y me lanza una mirada ofendida. Parece molesta, molesta de verdad. Dice: «No me digas lo que puedo y lo que no puedo decir». La voz es airada y aprieto los puños. Soy un estúpido. Ella, la madre, no puede equivocarse. Es lo natural, la costumbre. Lo considera imposible. Esto nadie lo puede cambiar, la niña es suya, de su propiedad. Lo demás, incluido yo, incluida la niña, no cuenta. Solo importa su opinión, el capricho. Suelto un bufido. Mara se inclina hacia delante y fija en mí unos ojos cargados de disgusto. Va a soltarme una bronca, lo sé. Enciendo un cigarrillo con rapidez. Ella, al ver el humo, se exaspera y se muerde los labios. Dice: «No pienso permitirte que nos hagas daño». Continúo con los puños apretados, los nudillos blancos. Voy hacia ella, un paso, otro más. Estoy irritado, harto de Mara, de sus problemas, de sus broncas. Me acerco, la rodeo, me pongo delante de ella. Digo: «Esto no nos lleva a ninguna parte». Mara me señala, grita: «¡Eres tú quien no nos va a llevar a ninguna parte!». Se abraza, a ella y a la niña, mientras niega con la cabeza. Pienso: otra vez que no, que no, que no.

Debo hacer algo, no sé, poner fin a todo esto, cambiar de tema. Ahora no es el momento oportuno de ponernos a discutir, queda todo el día por delante y los invitados están a punto de llegar. Ya estamos, no son invitados. Lo que quiero decir es que no son solo invitados, también son sus amigos, pero eso me trae sin cuidado. Digo: «Ayer hablé con mi padre, me llamó por teléfono». Mara enarca una ceja. Pregunta: «¿De veras?». No se lo cree. Le explico que llamó para saber cómo nos iban las cosas, que cómo se encontraba ella, que si necesitábamos algo. Le cuento que nos ofreció su ayuda, que dijo: «Dile a Mara que nosotros somos una familia unida, que para eso está la familia». Y añado que se mostró muy orgulloso, muy contento, de que el bebé sea niña. Para acabar, le digo que mi padre me contó que les hacía mucha ilusión, que toda la familia estaba muy ilusionada. Mientras lo digo me pregunto si no es verdad lo que estoy diciendo. «No es verdad», asegura Mara. «Mara», comienzo a decir. Ella levanta las manos, da media vuelta y dice que no quiere saber nada, que basta ya de mentiras y que lo que de verdad le apetece ahora es darse un baño. «Antes de que lleguen los invitados», puntualiza. Se quita las bragas, las deja caer al suelo y sale de ellas. Desciende por los escalones con paso precavido y, poco a poco, se va introduciendo en el agua. A continuación, toma una bocanada de aire y se sumerge por completo. Un instante y sale a la superficie echándose el cabello hacia atrás. De pie, con el agua a la altura del pecho, mueve los brazos como si nadara, haciendo olas, cada vez más fuerte, más fuerte. El agua rebota contra los contornos de la piscina y parte se desborda.

Noto la cabeza a punto de explotar.

Me alejo de la piscina, del escándalo, y camino hacia los baladres en el jardín trasero de la casa. Acabo el cigarrillo, lo lanzo a la calle y acierto a la primera. Observo alrededor. El césped necesita una buena mano de rastrillo. La pinaza, las flores, sus pétalos, están por todas partes, lo ponen todo perdido. Elijo uno de los baladres, apoyo la espalda en el tronco, cierro los ojos y, cuando los abro, veo el granate intenso de las ramas, un frondoso colorido que me marea. El ruido que Mara continúa haciendo. Y cuando Mara detiene el batir de brazos, el vértigo del vacío pasa a ocupar el lugar del ruido.

Marcelo y Miranda son los primeros en llegar. Mara se entretiene en la cocina, se ajusta el vestido, se arregla el cabello y me indica con un gesto que vaya yo a abrirles la verja. Lo hago sin rechistar, sin prisa. La abro y les digo que pasen. Antes de cerrarla, me asomo y doy un vistazo a su coche. Sonrío por lo bajo, es solo un Opel, un utilitario, no sé qué modelo, pero no es gran cosa. Marcelo es farmacéutico y yo, hasta ahora, estaba convencido de que una farmacia era un buen negocio. Me doy la vuelta cuando Mara hace su aparición en el jardín. La veo caminar con esforzada lentitud, el rostro arrebolado, hasta llegar donde nosotros. Entonces abre los brazos y adopta una pose, para mí algo exagerada, y abraza a Miranda y se dan dos besos. Marcelo aguarda su turno. Sin perderme detalle, espero a que terminen de una vez mientras, de reojo, observo que Marcelo no sabe cómo proceder con lo que lleva en las manos. En una hay un paquete que, por la forma, diría que es de pastelería y, en la otra, una bolsa de papel reciclado con el nombre de una conocida boutique. «Dame», le digo, y le ayudo con el paquete. Marcelo dice: «Es el postre, debe ir a la nevera de inmediato». Asiento, es lo que yo pensaba, y me apresuro a llevarlo a la cocina. En realidad, es un alivio tener algo que hacer. Abro el frigorífico. Antes de introducirlo, fisgoneo entre los pliegues del envoltorio para ver qué contiene. Es un surtido de pastelillos, los hay de todas las clases y en cantidad suficiente para una docena de personas. Marcelo es un buen tipo. Respiro profundo, resisto las ganas de coger una cerveza y salgo al jardín en el momento que Mara dice: «¿Pero por qué os habéis molestado?». Sostiene la bolsa abierta en una mano y un vestido premamá en la otra. Añade: «No teníais que haberlo hecho». Noto que habla en plural, pero se dirige solo a Miranda. Le da otro beso, a Marcelo una mirada cargada de agradecimiento y a mí, cada vez más, Mara me recuerda a la mujer de mi padre. En todo. Dice: «Es precioso», y trata de enseñármelo a duras penas. Miranda dice: «Trae, deja que te ayude», y le sujeta la bolsa de papel. Mara, con las manos libres, despliega el vestido, se lo pone por encima y me mira con los ojos alegres. La veo contenta con el regalo. «¿A que es una preciosidad?», me pregunta. Digo que sí, que lo es. Añado que es muy bonito, pero me veo incapaz de decir que es una preciosidad. Marcelo nos cuenta que lo eligió Miranda, que se pasó más de tres horas revolviendo toda la tienda hasta que encontró el vestido ideal para Mara. Mara, esta vez en singular, repite: «No tenías que haberlo hecho». Miranda dice que está guapísima y le pone una mano a escasos centímetros del vientre abultado. Pregunta: «¿Puedo tocarla?». «Por supuesto que puedes», accede Mara. Desvío la mirada, no aguanto más, y ofrezco una cerveza a Marcelo, tengo la garganta reseca. «Vayamos a probar el vestido —propone Miranda—, a ver qué tal te queda.» Se cogen del brazo y desaparecen juntas en la casa. Marcelo pregunta: «¿La tienes sin alcohol?». Le digo que no lo sé, que espere un minuto que voy a mirarlo, y voy a la nevera y veo que no hay. Entonces bajo a la bodega, abro el arcón frigorífico y encuentro botellas de cava, los licores fríos, el vino blanco y refrescos de litro, pero ni rastro de cervezas sin alcohol. Cierro el arcón, me apoyo un instante en él. Me digo de mantener la calma, de no perder la paciencia por cosas así. No vale la pena, acabo por decirme. Un rato y aparezco en la cocina. Marcelo y Miranda tienen las manos sobre la panza de Mara, inclinados hacia ella, los tres riéndose. Mara se ha puesto el vestido nuevo y, en mi opinión, le queda bien, resulta favorecedor, parece menos embarazada. Marcelo exclama: «¡Es increíble!», y dice a su mujer: «¿Notas cómo se mueve?». Miranda murmura con voz queda: «Sí», y hace un gesto vago. Ellos no tienen hijos. Me acerco al grupo y le digo a Marcelo que no hay sin alcohol y él dice que da igual, que beberá lo que sea con tal de mitigar la sed que tiene. Mitigar. Es lo que Marcelo dice y a mí, nada más oírle, me aumenta el dolor de cabeza. Le pregunto a Miranda y contesta que un refresco de limón, explica que es demasiado pronto para ella. Abro la nevera, saco las bebidas, las sirvo. No le pregunto a Mara, ella ya sabe dónde está todo. Mara dice: «Yo beberé un vaso de agua». Se gira hacia Miranda y le dice lo muy contenta que está de verla. Marcelo no deja de mirarme mientras retiro un vaso de la alacena, lo encajo en la puerta del refrigerador, aprieto el manubrio del agua fría y lo voy llenando. Siento sus ojos en mi nuca, no me pierde de vista ni un instante y no sé, pero diría que es como si me vigilara. Llego a la conclusión de que algo, alguna chifladura, debe de haberle confiado Mara a Miranda y esta a Marcelo. Acabo y se lo entrego a Mara. Naturalidad, me digo, ante todo naturalidad. «¿Y qué? —pregunto yo—, ¿qué os parece la casa, es o no es magnífica?» Y añado: «¿Queréis que os la muestre?». Se detienen, me miran, y antes de que ninguno responda, suena el timbre de la calle. Mara dice: «Deben de ser los otros». No hace ningún gesto de ir hacia la verja, solo ladea la cabeza en mi dirección y espera a que yo vaya. Una pausa. Dice: «Jabo». No digo nada, salgo a toda marcha de la cocina y, a medio camino, me doy cuenta y aminoro la velocidad. Me digo que no hay para tanto, que no hay por qué exagerar. Abro y veo los rostros sudorosos de Andrea y Daniel. Ella acarrea dos bolsas de supermercado, él un oso de tamaño mediano. Yo, para hacerme el gracioso, digo: «Se equivocan, señores, aquí no es». «No seas ganso —dice Daniel—, y echa una mano a Andrea con las bolsas de la comida.» «Me alegro de veros», les digo con naturalidad. A continuación, me aparto para que entren.

Estamos los seis en la cocina repartidos en dos grupos de tres. Ellas, las mujeres, al fondo, sentadas alrededor de la mesa, hablan acerca de bebés, de lo guapa que encuentran a Mara, de lo bien que le sienta estar en estado. Andrea bebe un vermut blanco con mucho hielo. Dice: «No sabes la suerte que tienes», y pasa a narrar el espantoso embarazo de una prima suya. Daniel y Marcelo se disputan los adjetivos acerca de la ola intensa de calor. Marcelo indica que no recuerda un agosto tan caluroso y Daniel cuenta que en televisión han dicho que es el agosto más caliente de los últimos sesenta años. «Por lo menos», digo yo. «El problema serán los incendios —pronostica Marcelo—, ya veréis cuando comiencen los de verdad.» «Va a ser una tragedia —anuncia Daniel con voz firme—, todo está seco, demasiado seco, arderá como una tea. Mirad lo que digo, cuando empiecen no habrá ni Dios que los pare, yo ya lo he dicho, me apostaría lo que fuera a que tengo razón.» Marcelo y yo le reímos la apuesta. Daniel es un pesetero, siempre está a punto con tal de obtener beneficios. «No tienes remedio —dice Marcelo—, conozco un programa para ludópatas que podría irte bien, lo único que necesitas es pedir ayuda.» Daniel, medio en broma, le suelta un golpe en el hombro. Yo sonrío, Marcelo simula que le ha hecho daño, se pone a armar ruido, y las mujeres se acercan para saber lo que sucede. Andrea dice: «Cariño, te habré dicho más de mil veces que no seas violento, no se te puede sacar de casa». Ellas se ríen, Daniel esboza una mueca y Marcelo se une al coro de risas. Yo me quedo observando, no acabo de encontrarle la gracia al asunto. Un rato, y al fin digo: «Bueno, ¿queréis que os enseñe la casa o no?». Me miran. Daniel comenta: «Ginés y Fina están tardando mucho». «Siempre tienen que ser los últimos, ya los conoces», dice Marcelo. Miranda añade que son unos tardones y Andrea, para decir la suya, apunta que lo más probable es que se encuentren en la gasolinera del cruce haciendo tiempo. Mara se ríe. Dice: «No seas tan malpensada». Suena el timbre y Marcelo exclama: «¡Ya están aquí!». Salen todos al jardín, yo voy el último, y es Mara quien nos indica que nos escondamos detrás de la verja, junto a los setos. Abre y les dice que son los primeros en llegar. Ginés y Fina ponen cara de circunstancias, Fina señala que no sabía que era tan pronto. Entonces el resto salen del escondite y comienzan a burlarse de ellos. Es divertido, la mar de absurdo. Pregunto a Ginés si les ha costado encontrar la casa y me dice que no, que las instrucciones de Mara han sido precisas, que no había pérdida. Mientras se entretienen con los besos y los apretones de mano, asomo la cabeza a la calle y veo dos coches aparcados detrás del de Marcelo, un Fiat y un Citroën. Me digo que nada es lo que parece y cierro la verja. Lo que yo decía, les falta estilo, son gente gris. Sin duda. De nuevo, oigo decir lo guapa que está Mara. Coinciden ambos y debe de ser cierto cuando todo el mundo lo dice. Mara está radiante, se le ve, le agrada que le digan este tipo de cosas. Ginés se acerca, me alarga una bolsa y me dice que es su parte de la comida. No traen nada más, ningún regalo para Mara. Digo: «¿Eso es todo?». Me doy cuenta de que no me entiende y señalo que yo también sé bromear. Ginés dice: «¿Ya estás preparado para ser padre un día de estos?». Fuerzo media sonrisa y no digo ni una palabra. Ginés continúa. Dice: «Te lo digo de verdad, me has dejado de una pieza, nunca pensé que lo conseguirías». Las mujeres y ellos se ríen con ganas. Supongo que de mí. No me gustan las bromas de tema sexual. En realidad, no me gusta ningún tipo de bromas. «¿Eso es todo?», le repito de nuevo. Levanto la bolsa. Ginés se encoge de hombros y se produce un silencio embarazoso. Fina dice: «Bonita casa». «¿Quieres que te la enseñe?», le pregunto con rapidez. Mara dice que pasemos dentro para beber algo. «Debéis de estar deshidratados después de tanto tiempo en la gasolinera.» Todos le ríen la gracia y van detrás de ella. Ginés finge que no sabe de qué va la cosa y cierra el grupo. Es un vendedor de seguros y tiene dos hijos. Fina, el ama de casa, la madre perfecta, es de corta estatura y rechoncha, sin gusto para la ropa y con la voz demasiado estridente. Imagino lo que debe de ser oírla chillar. Cuando entro en la cocina, Fina está diciendo: «Esto es una cocina como Dios manda, Ginés, es exacta a la que necesito en casa». En el fondo, Fina no es tan insoportable, me digo. Dejo la bolsa en el mostrador y aguardo las instrucciones de Mara. Ginés, pensando en el precio de la cocina que desea su mujer, farfulla alguna excusa. El muy imbécil todavía no ha descubierto que no vale la pena.

Mara va colocando los filetes y las salchichas en unas bandejas. Fina y Andrea hacen otro tanto con las costillas, las berenjenas y los pimientos. De las patatas se encarga Miranda, las parte por la mitad, las sazona con sal y pimienta, las envuelve con papel de aluminio y se las pasa a Marcelo, que las coloca en un bol y las introduce en la nevera con el resto de las bandejas. Le pregunto a Ginés si le apetece otra cerveza. Dice que sí y saco dos, una para él y otra para mí. Fina dice que también repite y saco una tercera. Controlo que cada uno tenga su bebida y me alejo hasta la puerta, me apoyo en el marco y me dedico a observarlos mientras voy dando sorbos. Cada uno revolotea a sus anchas por la cocina, hablan a la vez, se pisan las frases, se preguntan y contestan con facilidad. Dominan el arte de decir cualquier cosa intrascendente con tal de armonizar una conversación absurda. Es un espectáculo contemplarlos en acción, son expertos. No es tan sencillo responder a preguntas cruzadas sin hacer ningún desaire a nadie. Veo a Marcelo en plena demostración y me da envidia. No acierto a saber de dónde saca tanta habilidad. Me aclaro la garganta y digo lo primero que se me ocurre, hablo sobre automóviles, afirmo que el Saab es un vehículo de primera. Todo el mundo continúa con sus conversaciones, nadie me presta atención. Me digo que es por el tono, demasiado bajo. Le falta presencia. Lo cambio y, para asegurar la jugada, elevo el volumen. Entonces sí, surte efecto y me atienden, pero me siento ridículo hablando en voz tan alta y me callo. Cada uno vuelve a lo suyo. Suena el teléfono. Voy a la sala, lo descuelgo, no digo nada. Al otro extremo, silencio. Un rato y cuelgo, es lo de siempre. Retorno a la cocina. Me los encuentro ejecutando un extraño ritual. Desfilan todos hacia el vientre abultado de Mara, uno detrás de otro, y cada vez que les llega el turno, ponen caras de asombro, bromean con el tamaño de la panza, se ríen y, como de pasada, la acarician. Mara es feliz con tanto protagonismo, le brillan los ojos. A mí, la escena me resulta grotesca, pura superstición, como si con ello pretendieran conseguir algo, no sé, atraer la buena suerte o algo parecido. Quizá yo debería imitarlos. Continúo observando hasta que llega un momento en que a Mara le da un mareo y Fina grita: «¡A ver, todos los hombres fuera, al jardín, estáis abusando de la pobre!». Daniel, Marcelo y Ginés obedecen sin rechistar. Yo me hago el desentendido, pero Fina me lanza una mirada que me sorprende por su carga de autoridad. Dice: «Tú, el primero». Decido no discutir y salgo de la cocina. Una vez en el jardín, les digo: «No queréis ver la casa». Marcelo señala la canasta de baloncesto. Pregunta: «¿Qué tal un dos contra dos?». Ginés acepta y Daniel no dice que no. A mí me da igual y me encojo de hombros. Daniel dice: «¿Qué nos jugamos?».

Formamos los equipos, Marcelo y Daniel contra Ginés y yo. Es un partido que no tiene color, Marcelo es un buen deportista y Daniel todavía mantiene la forma. En cambio, a Ginés no hay más que mirarle la tripa. Es un gordinflón bebedor, acostumbrado a comer sin cortapisas. Mi problema es el tabaco, fumo demasiado. Comienza el partido y, al cabo, el tanteo es de escándalo. Ginés y yo, como es lógico, nos lo tomamos a broma y hacemos pases a cuál más frívolo y complicado. Marcelo sigue la broma, pero Daniel se enfada. Dice: «Esto no es un circo, o jugamos en serio o no jugamos». Ginés y yo nos miramos desconcertados, no entendemos nada. Marcelo le dice a su compañero de equipo que solo es un juego. Daniel replica: «¿Y qué?, yo juego para ganar». Yo digo: «Estás ganando». Tengo la respiración entrecortada y me falta el aliento. Los tres le miramos en silencio. «Lo sé —dice Daniel sin dejar de botar la pelota—, pero hay que jugar en serio, esa es la gracia del asunto.» Ginés dice: «Olvídame». Se apoya en las rodillas y añade que no vale la pena el esfuerzo, que ellos van a ganar de calle. Asiento con la cabeza y Marcelo se encoge de hombros. Suspiro aliviado al ver ese gesto, ya comenzaba a pensar que solo yo lo hacía. A mí me da igual perder o ganar. Llegan hasta nosotros las voces de las mujeres. Están en la piscina, bañándose, tomando el sol. Daniel lanza la pelota contra la canasta y dice que así no hay manera. «No seas aguafiestas —dice Marcelo—, nos lo estábamos pasando bien, venga.» Las mujeres oyen la discusión y se acercan. Mara con su traje de baño con capa incorporada, Fina con uno de color negro para esconder la flacidez de sus caderas y Andrea, en cambio, nos sorprende a todos con un minúsculo bikini. Tiene un cuerpo espléndido, quizá le falte un poco de pecho, pero aun con todo, su tipo quita la respiración. Ginés y yo cruzamos unas miradas y Marcelo dice: «Miranda, dile a Daniel que no sea infantil». Miranda pone los brazos en jarras, dice: «Ya has oído a mi marido». Miranda va vestida con un sujetador y un pareo, a juego, atado a la cintura. Ginés me da un codazo en las costillas y, por lo bajo, me susurra: «Debe de tener *ya sabes qué*». Deja escapar un resoplido y Daniel lo malinterpreta. Se crispa. Dice: «Esta no es manera de jugar». Fina, Andrea y Mara se llevan las manos a la boca, le abuchean. Miranda grita: «¡Que jueguen, que jueguen!». Observo las piernas peludas de Ginés, son rechonchas. Las de Marcelo son morenas y estilizadas. Las de Daniel, además, son musculosas y firmes. Alguien me lanza la pelota y me golpea en el estómago y aparto la cara, todo a la vez. Estaba distraído comparando. Bien, me digo, juguemos en serio.

Nos toca a nosotros el turno de atacar. Agarro la pelota y se la paso a Ginés, que la bota, la vuelve a botar sin saber qué hacer con ella y me mira. Yo me desmarco, voy hacia Daniel y le entro con el hombro por delante, le empujo y sale disparado contra la pared del garaje. Grito: «¡Pásala!». Ginés me la lanza, la atrapo, voy hacia canasta y tiro contra el tablero y encesto. Dos puntos. Las mujeres se ponen a jalearme y Mara aplaude con timidez. Es agradable, es una tontería, lo sé, pero sienta bien que de vez en cuando alguien te anime. Ginés monta el numerito y levanta los brazos como si hubiéramos ganado un campeonato, golpea mis manos según la costumbre y da unos saltitos con la tripa rebotando de manera bochornosa. Daniel dice que no vale, que ha sido personal en ataque, y ellas y nosotros le abucheamos. Le veo apretar las mandíbulas, está encorajinado, furioso de verdad. No es capaz de reparar en nada. Marcelo, sí. Marcelo es consciente de que Ginés es solo un vendedor de seguros y que yo soy un parado, un parado sin un céntimo, y que voy a tener una hija. Pero Daniel es un abogado matrimonialista, no tiene modales ni educación. Andrea le grita: «¡No es un juego de señoritas!». Todos nos reímos de él; yo, el primero. Es genial el cambio. Creo que podría acostumbrarme sin esfuerzo a estas innovaciones. Reírse de otro, de cualquiera que no sea yo, y formar parte de un grupo, es una novedad. Sienta muy bien, fenomenalmente bien, es bueno para la autoestima. Miro a Mara y ella me sonríe, me lanza un beso y aprieta el puño en mi dirección. Una cosa así es lo que me hace falta, lo que siempre he esperado. Es terrible, me digo, toda la vida para esto, para nada, para tan poco. Empiezo a sudar a espuertas. Sea como sea, que Daniel no se meta conmigo. Le he cogido gusto a la cosa, ganar es bueno. Le veo botar la pelota mientras Ginés, a un par de metros, le marca con los brazos abiertos. Yo me encargo de Marcelo. Daniel hace un regate, deja clavado al barrigudo de Ginés y viene hacia mí, intenta una finta, yo me muevo a la vez, y cuando estamos a punto de chocar, no me lo pienso dos veces y pongo los codos por delante. Daniel se detiene en seco, deja escapar un gruñido y cae al suelo. La pelota queda suelta, la agarro, y, sin botarla, doy un salto y la encesto sin oposición. Dos puntos más. Daniel se revuelve en el suelo. Se queja. Andrea acude con rapidez, se arrodilla y le pregunta qué le sucede. Marcelo y Ginés le rodean. A continuación, llegan Fina y Miranda. Mara se sitúa a mi lado. Dice: «Eres un animal». Daniel está echándole cuento, lo sé, solo ha sido un golpe sin importancia. Digo: «No es nada». Ninguno me hace caso y me siento extraño. Es un juego, solo un juego. Compruebo que no les interesa mi interpretación de la jugada, así que doy media vuelta y me largo a la casa. Entro en la cocina, saco una cerveza de la nevera. Me la bebo en un abrir y cerrar de ojos. Luego, saco otra y subo a la buhardilla.

Me deshago de la camiseta, de las bermudas, y me descalzo. Camino hacia el armero pisoteando las hojas, doy a la palanca, extraigo el rifle y voy hasta el ventanal. Apunto. Aquí estoy perfecto, solo, sin problemas. Enfoco al horizonte, el límite del mar. Desciendo el arma y la dirijo a casa de Gabino. No le veo. Busco en la plantación de tomates y nadie aparece en la mira. Apunto a la casa de los Marsalis. Las chicas están solas, echadas en las hamacas de la piscina, las dos desnudas, me parece. Restriego la cara contra la culata del rifle y juego con el índice en el gatillo. Voy a una, apunto a la cabeza y voy bajando. Cambio de chica. Hago lo mismo. Deberían saberlo, me digo. Ahora están en mis manos. Ninguna se mueve, parecen muertas. Se me ocurre que alguien se me ha adelantado y enseguida lo veo ridículo. Yo lo sabría, reflexiono. Vuelvo a repasarlas, comienzo con la más pequeña, desde los pies, y voy subiendo. Cuando llego a la altura del estómago, me detengo. Dispara, me ordeno. En voz alta, digo: «Bang». Las cosas rojas, los ruidos ajenos, el dolor. Apunto a la otra, en la cadera, cerca del pubis, y digo: «Bang». Más ruido, más rojo, más dolor. Ahora están muertas, asunto solucionado. La mayor de las Marsalis alarga el brazo y alcanza el paquete de tabaco, extrae un cigarrillo, lo enciende. Me río. Es un juego, solo eso, un juego. Suelto el rifle y, por simpatía, enciendo uno de los míos.

Camino al otro extremo del desván, voy apartando los papeles a patadas. Me asomo. Vislumbro una columna de humo, más allá de las montañas, y bebo un trago y termino la cerveza. Oigo a Mara dando voces, pronuncia mi nombre. Dice que baje, que ya es hora de ayudar con los preparativos de la comida. La comida. Intuyo lo que va a ser, un tostón. Estaría bien animarla un poco, hacerla más interesante. No es complicado, solo hay que saber manejar los hilos desde la barrera. Estrategia, todo se reduce a eso. Y jugar con los invitados, sobre todo jugar con ellos. Me digo que tengo que darles la comida, algo para recordar. Creo que es una buena idea. «Es una buena idea», repito de viva voz. Guardo el rifle, recojo la camiseta, las bermudas. Desciendo por la escalerilla, la doblo sobre sí misma y cierro la entrada al desván. Voy al dormitorio, lanzo la ropa y entro en el cuarto de aseo. Por la ventana oigo que todos deben de estar bañándose en la piscina. Puedo distinguir los chapoteos, las risas, los gritos de Ginés, y me imagino a Daniel saltando del trampolín para presumir de lo bien que sabe hacerlo. Se divierten. Abro el grifo del lavabo, me lavo la cara, paso un poco de agua por las axilas y el pecho. Me seco con la toalla. Ellos continúan armando ruido. Salgo del baño y escojo unos vaqueros del armario, una camisa azul celeste y las deportivas blancas. Tardo mi tiempo en peinarme. Para acabar, vierto unas gotas de colonia en el cuello y sobre las patillas. Cuando estoy listo, voy a la cama y me siento en una de las esquinas. De nuevo, estoy empapado. No sería lo mismo si Julián estuviera aquí, entonces no habría problemas, todo iría como una seda. Los oigo reír. Cierro los ojos y me digo que debo permanecer impasible, no permitir que eso me altere. Respiro hondo una vez, luego otra. Y otra. Acompaso la respiración, debo calmarme. Nada de lo de abajo tiene que ver conmigo. Las obligaciones, tengo que reunirme con el grupo. Continúan con el escándalo, las voces alegres, las risas. La de Fina se destaca por encima de las demás. Es estridente, aguda. Se me clava en los oídos. Es odiosa. Vuelvo al baño, cierro la puerta, la ventana. Me escondo en un rincón, pero es en vano, la risa de Fina persiste, no se callará nunca. Las voces aumentan. Me tapo la cabeza con una toalla, quiero dejar de oírlos, quiero que desaparezcan, que se callen de una maldita vez.

«¿No os lo decía yo?», suelta Mara nada más verme entrar en la cocina. El resto de las mujeres vuelve la cabeza en mi dirección, bajan la vista y continúan con lo que estaban haciendo. Preparan los aperitivos, las salsas, y lo ponen todo en platos y boles. Mara dice: «Ya os lo había advertido, Jabo solo aparece cuando casi no queda nada por hacer». Fina se ríe por lo bajo, las demás guardan silencio. Contemplo a Mara, está sentada en un extremo. Tiene las manos apoyadas en la panza y se dedica a dar instrucciones sobre dónde se encuentra cada cosa. Voy hacia ella, me desvío sin decir ni media palabra y salgo al jardín. Unos pasos y me detengo. En la cocina, oigo la voz de Miranda. Dice: «¿No eres demasiado dura con él?». Es Fina la que responde, dice que nunca se es demasiado dura con los hombres. «Además —apostilla—, Mara está embarazada, puede hacer lo que quiera, tiene todo el derecho.» Un silencio y estalla el coro de risas. Por encima de todas, distingo la de Mara. Me alejo, voy al porche. Encuentro a Daniel ultimando los detalles de la mesa mientras Ginés hace sitio y recoloca los cubiertos. Hablan sobre el partido, discuten las jugadas. Marcelo es el encargado de encender la barbacoa. Va con uno de los delantales de Mara, uno de los más espantosos, y así, a simple vista, con las piernas peludas asomando por debajo, le queda de lo más ridículo. Voy hasta él, le pregunto si necesita algo y me dice que no, que todo está a punto. Sonríe de forma amigable, parece sincero. Esto me tranquiliza. Meto las manos en los bolsillos, observo cómo se van formando las brasas. No se me ocurre nada que decir, estoy fuera de juego, solo espero a que alguien me ordene alguna actividad. Al cabo, aburrido, me separo y voy hasta la pared de la casa, recuesto la espalda y enciendo un cigarrillo. Por hacer algo, extiendo el toldo, aprieto el botón. Se despliega. Estaría bien beber una copa, pienso para mí, algo fuerte.

Veo a Ginés cargando con la bandeja de la carne, va hacia Marcelo y a punto está de irse a la hierba, filetes y costillas incluidas, al tropezar con una de las ruedas del carrito de la barbacoa. Daniel aplaude, se mofa de su torpeza, y Ginés todavía tiene el humor de decirle que no habla con perdedores. Daniel aprieta los dientes. No espero más, voy en busca de unas cervezas. A continuación, me pongo a repartirlas y cuido que ninguno se quede sin bebida. La cosa se anima. Marcelo dice: «¿Y qué, Jabo, cómo llevas la idea de ser padre?». Ginés y Daniel se acercan, me rodean y beben unos tragos mientras yo medito una respuesta. Marcelo mira en dirección a las brasas, las remueve. Luego, las esparce, inserta la rejilla en las ranuras y comienza a colocar la carne. Digo: «No lo sé», y es verdad. Tener un hijo es una idea extraña, algo sobrecogedor. Me gustaría decirles que cuesta adaptarse al hecho, a la realidad. Una niña, una mujer, otra madre. La imagen me da escalofríos. Sin duda, yo hubiera escogido un niño. Esto es lo que me gustaría contarles si fueran mis amigos. Mis amigos. Pienso en todo eso, pero no se lo digo. Ellos aguardan, me miran como a un bicho raro. Comento: «Es fantástico». Es lo que se esperan que diga, lo más natural. Pero añado: «Tener otra madre es fantástico». Los tres me observan sin saber de lo que hablo. Aparece Fina acarreando la bandeja de los pimientos y las berenjenas. La deja en el soporte de la barbacoa y pregunta: «¿Qué estáis diciendo de las madres?». Ninguno responde, Marcelo se concentra en la carne y Ginés y Daniel se dedican a apartar el humo con gran efusión de gestos. Yo me quedo quieto, no tengo ganas de disimular. En el fondo, lo que quiero es soltarle una buena, pero no es el momento. El resto de las mujeres irrumpe en el jardín, cada una con algo, y en plan desfile van hacia la mesa. Mara es la última, camina con su paso bamboleante y teatrero, las manos bien afincadas bajo el vientre abultado. Exclama: «¡Todo el mundo a la mesa!». Es la primera en tomar asiento, luego lo hacen los demás. Marcelo se queda junto a la barbacoa vestido con su mandil ridículo y va dando vueltas a la carne con las pinzas. «Falta el vino», dice Mara cuando estoy a punto de sentarme. Ladea la cabeza, procura suavizar el tono, y me pregunta: «¿En qué estabas pensando, Jabo?». Observa mi cara de estupor e insiste, ahora con el tono habitual. «¿A qué esperas?, ve a buscarlo, corre.» «Ya voy», digo yo. Me dirijo hacia la cocina, los demás haciendo bromas. Escucho que Mara les dice: «Es un vago».

Enciendo la luz de la bodega, doy un vistazo alrededor y no tengo ni idea de qué vino escoger. Los botelleros están repletos de vinos de marca. Me acerco, voy leyendo las añadas, las especificaciones de cada uno. Julián lo tiene dispuesto de manera que la calidad vaya en aumento de izquierda a derecha. Delante, en el suelo, hay multitud de cajas sin abrir. Las repaso, leo los nombres, la denominación de origen. Veo que se trata de vino tinto, de vino joven, no reconozco el nombre, pero me suena bien. Dudo entre estas y las del botellero del comienzo de la izquierda. Me inclino por abrir una de las cajas del suelo, será suficiente, los amigos son de Mara, son sus invitados. Agarro un par de botellas y, sin apresurarme, retorno al jardín. Nada más aparecer, la gente aplaude mi llegada. Esto me toma por sorpresa. Daniel dice: «Por fin el vino». Veo que el aperitivo ya ha desaparecido, los platos vacíos, las sobras. Reacciono y dejo las botellas sobre la mesa. Digo: «Las abro yo». Echo una ojeada a las sillas, hay dos sitios libres, uno en la cabecera y el otro junto a Mara que, supongo, debe de ser el de Marcelo. Por si acaso, pregunto dónde me siento, lo hago en voz alta, a nadie en concreto. Digo: «¿Cuál es mi sitio?». Andrea y Miranda discuten sobre si a Mara le sentará bien este tipo de comida. Mara, mientras tanto, insiste a Fina en que un poco de vino no le puede hacer ningún daño. Se vuelve hacia Andrea y le pregunta. Andrea dice que no, que en absoluto, y Fina replica con nuevos argumentos. Ginés y Daniel están enzarzados en convencer al otro de cómo es preferible comer la carne, si cruda o algo hecha. Espero con calma, no tengo apetito. Acabo de abrir la botella, sirvo dos copas de vino y voy con ambas hasta Marcelo. Le tiendo una de ellas, digo: «Salud». Brindamos. Marcelo bebe un sorbo, yo la apuro de un trago. Marcelo dice: «Comienza a salir la carne», y en voz más alta, a la mesa, pregunta quién quiere costillas y quién filete. Unas manos se levantan, cada uno va diciendo lo que prefiere. Daniel es el que más vocea. Mara continúa con Fina. Dice: «Una copa no puede sentarme mal». Fina lo niega. Mara insiste, endulza el tono. «Solo dos sorbos, va, un día es un día.» Fina zanja el tema. Dice: «Tú verás», y separa los brazos, abre las palmas de las manos y hunde el cuello. Yo voy llevando los platos, los dejo en la mesa y que cada uno escoja el suyo. Mientras, aprovecho para llenar mi copa entre viaje y viaje. Están tan ocupados en sus asuntos que decido no volver con lo de mi sitio, es algo que no tiene importancia. Mara suelta un quejido, la gente enmudece, todos se vuelven hacia ella. Mara dice: «Es la niña, ha dado una patada». Sonríe. Fina le toca la panza, exclama: «¡Lo ves, te está diciendo que no bebas vino!». Los demás reaccionan de diferente manera, le dicen cosas dulces, corean lo bonito que es ser madre. Hablan de lo abnegado. Voy y me dirijo donde la cabecera. Antes de sentarme, Mara me dice que ahí no, que vaya a su lado. Otra vez las risas. Me siento. Una de las mujeres pregunta por el nombre que le vamos a poner a la criatura. Cierro los ojos y aguardo la respuesta de Mara medio encogido. Mara dice: «Todavía no lo sabemos». Respiro con alivio. Entonces la gente comienza a decir nombres. Cada uno suelta el primero que se le ocurre y enseguida tengo que escuchar los más disparatados. Esto parece divertirlos. Cuando Andrea empieza con los nombres ecológicos, así los denomina ella, digo que ya está bien y que dejemos el tema. Mara protesta. Dice: «Pero, Jabo, hay que contemplar todas las posibilidades». Su voz es mimosa, nada que ver con la habitual. «Está bien —digo yo—, pero la niña no se llamará Ozono de ninguna manera.» Me llevo un sobresalto con las risas que estallan de nuevo. Incluso Marcelo se ríe. No le veo el sentido. Mara me dice que soy un bobo. Añade: «Era una broma; Andrea, dile a Jabo que solo era una broma». Mara pone los ojos en blanco, dando a entender que no tengo remedio. Me dice: «Te lo tomas todo demasiado en serio, Jabo, ese es tu problema». Desvío la mirada, me contengo. Tendría que decir algo, mostrar que yo también bromeaba. En vez de eso, guardo silencio, me levanto y voy hasta el carrito de la barbacoa. Marcelo me pregunta qué es lo que quiero. Pienso: que paren con las risas, que no vuelvan a burlarse, que me dejen en paz. «No lo sé —contesto—, me conformaré con lo que sea, tanto me da.» Marcelo dice: «Solo quedamos tú y yo».

Andrea está hablando cuando Marcelo y yo nos sentamos a la mesa. Dice que a ella le da un miedo horroroso ser madre, que esa es la pura verdad. Daniel se agita en la silla, se sirve más vino y veo, por sus ojos, que desea que su compañera no siga hablando de eso. «¿Y si no sé hacerlo?», se pregunta Andrea. No sopla ni una gota de aire, el ambiente está pesado, es irrespirable. Los demás siguen comiendo, bebiendo. Cuando alguno vacía su copa, me apresuro a volverla a llenar. Fina irrumpe en la conversación, adopta un tono de experta, habla de los hijos. Dice: «Ser madre es la cosa más bonita del mundo». «Sí», confirma Ginés. «¡Tú qué sabrás!», exclama Fina, y nos pasa a contar las sensaciones del parto, lo que significa alumbrar a un hijo. Nos relata lo que sintió cuando nacieron Ray y Marcos. Luego, continúa: «Ginés se la pasó en la sala de espera, no fue capaz de estar conmigo, dijo que le daba mucha impresión, que no se veía con fuerzas». Levanta la copa, se vuelve a su marido. Exclama: «¡Con fuerzas!». Ginés se excusa, dice: «Mujer». Daniel trata de decir algo gracioso, pero nadie le escucha, se inclina sobre el plato, corta un trozo de carne y se lo introduce en la boca. Pienso en intervenir, pero, no sé, algo me dice que todavía no es el momento apropiado. Oigo a Ginés justificarse. Recuerda a su mujer que él estuvo noches enteras en la habitación de los niños vigilando que nada malo les sucediera. Se dirige a nosotros. Dice: «Todavía lo hago, hay noches en que me levanto de la cama y voy a ver cómo duermen, los observo, y si están demasiado quietos, los despierto para comprobar que todo esté en orden. Os lo juro, a veces no puedo dormir hasta que no sé que todo va bien». Fina dice: «No tiene comparación». Ginés suelta los cubiertos, alcanza la copa, la vacía. Se limpia los labios con la servilleta y se queda con ella en la mano. Marcelo nos pregunta qué nos parece la carne. El único que responde es Daniel, dice que está fabulosa. «En su punto», matiza. Miranda desvía la atención. Dice que ella comprende a Andrea, que la comprende perfectamente. «Es lo que nos ocurre a todas, ¿no? —dice—, a mí me pasa, imagino que es lo natural.» Da un sorbo de vino. Prosigue: «Pero eso no significa que luego no vayamos a ser capaces de hacerlo como es debido». «No sé —dice Andrea—, me da pavor, ¿y si no sé educarlo, y si lo que creo que es lo mejor para él resulta que es lo peor?» Se detiene, se vuelve a Daniel. Le dice: «Esto me quita el sueño». «No seas tonta —dice Daniel—, eso no sucede, son fantasías tuyas, estás exagerando.» «¿Exagerando?», repite Andrea. Entorna los ojos y frunce el ceño. Dice: «Un error así puede destrozarle la vida a un hijo, ¿entiendes?, hay que tener mucho cuidado, lo puedes hacer sin ni siquiera darte cuenta, sin querer, existe la posibilidad, no puedes decir que no, en serio, no me lo puedes decir, yo no exagero, ¿verdad, Miranda?». «Dímelo a mí», se me escapa. Mara deja el tenedor a medio camino de la boca y tuerce la cabeza en mi dirección. Me lanza una de sus miradas incendiarias. Ginés dice que el filete es espléndido, que nunca ha comido uno tan sabroso. Es Fina quien, dirigiéndose a Andrea, responde. Dice: «Sabrás, créeme, forma parte de la naturaleza». Me dedico a masticar la carne, no voy a responder a eso. La naturaleza, siempre la madre naturaleza. No la trago. Yo me pregunto si no nos iría mejor a todos que fuera el padre naturaleza, el padre indiferente, y que se olvidara de nosotros. Me hace gracia la idea, sonrío y me sirvo más vino. «No sé de qué te ríes —me suelta Fina—, lo que digo no es para reírse, es un tema serio.» «Cambiemos de tema», propone Marcelo. «Sí, por favor», coincide Daniel. Observo a Fina, el rostro desafiante, orgullosa. Digo: «Pensaba que era una broma». «Pues no lo es —corrige Fina—, ser madre es algo que vosotros, los hombres, no podéis entender.» Utiliza un tono fiero, despectivo. Esa mujer es un peligro. Me hago cruces al pensar en lo que debe de someter a sus dos hijos varones. Decido intervenir, ella se lo ha buscado, no yo. Digo: «Cualquiera puede ser madre». Voy a agregar que ya basta de tanto mito con la maternidad, que para mí solo es una función fisiológica más, que no tiene ningún secreto, pero advierto que Fina y Mara se yerguen en sus asientos, abren la boca y me lo pienso mejor y cierro la mía. Están furiosas. Me sirvo más vino y hablo de otra cosa, le digo a Marcelo que la carne está excelente, de verdad. Mara no le da tiempo a contestar y me dice que no sé lo que digo. Añade: «Estás borracho». «Mujer, no te pases.» Es Andrea la que habla. Continúa: «Al fin y al cabo, es cierto, ¿no?, cualquiera puede ser madre, es así y punto, yo no veo que haya dicho nada tan terrible». Mara replica: «Es el tono, Andrea, yo conozco a Jabo, le conozco perfectamente y sé lo que pretende decir con eso». «Chicas», amonesta Ginés. Fina comienza a discutir con él, le dice que cierre la boca y Ginés se calla. Considero que ya es suficiente para empezar. Doy un vistazo a la mesa, a las botellas, y me digo que es hora de ir en busca de más vino. El revuelo, es sencillo. Solo había que esperar el momento oportuno. Retiro la silla, anuncio que voy a por combustible y Daniel y Marcelo dicen, al unísono, que es una buena idea. Se miran, sorprendidos por la coincidencia, ponen cara de tontos y los demás se echan a reír. Fina, no. La línea apretada de sus labios es larga y pálida. Tan blanca que consigue hacerlos desaparecer. Una mujer sin boca.

Me alegro de estar en la bodega, a salvo del bochorno de fuera. Aquí se está fresco. Reviso el botellero, lo repaso, leo las etiquetas de los vinos. Son nombres bonitos, rimbombantes. Se me hace la boca agua, me gustaría probarlos todos. Voy hasta uno de los extremos, saco una de las de la derecha y me siento en el pequeño banco de obra con la botella entre las manos. Debe de costar una fortuna, me digo, está llena de polvo. Lo borro con el dedo y leo el año, 74, el nombre, Viña Agreda. Hay un número, pero no creo que signifique nada. La cambio de mano. Lo vuelvo a hacer. Si un día las cosas se giran y me van bien, yo quiero tener una estancia parecida con una pared llena de botellas como esta. La tiro al aire, la atrapo. Un poco de suerte es lo que necesito. Decido abrirla, pero me lo pienso al instante. Es un vino de categoría, un vino caro, no es para mí. Yo me conformo con cualquiera, como los amigos de Mara. La coloco en su sitio y me limpio los dedos en la pernera del vaquero. Me agacho, separo las solapas de la caja y extraigo tres botellas del vino de antes. Es un vino peleón. Ya me imagino la cogorza que van a coger todos con este calor. Las dejo sobre el banco, me siento. No, no me voy a engañar, yo no soy como ellos, yo soy diferente. Mi naturaleza es otra. La situación de ahora es algo temporal, solo una mala época. Llegará el día en que tendré botellas como las de la derecha, seguro. Se me acaba de ocurrir una cosa. Mi situación de ahora, el calor. Son un castigo de la madre naturaleza. Me río yo solo. Es una tontería, una tontería inmensa. Al recoger las botellas me detengo. ¿Y si fuera así?, me pregunto. Me digo de no ser idiota, la madre naturaleza no es una mujer de carne y hueso. Me pongo una de las botellas bajo el brazo y sujeto las otras dos por el gollete. Antes de salir de la bodega, juego con la idea de imaginarme a la tal madre. La veo oronda, grande como una montaña y con cara de enfado permanente, como si no conciliara bien el sueño. En eso la comprendo, es difícil mantener el equilibrio sin las suficientes horas de descanso. Así nos van las cosas. Vuelvo a reírme, es ridículo. Ando algo bebido, el vino, eso debe de ser, yo prefiero el whisky de malta. Sin embargo, está ella, estamos nosotros, ambos enfrentados. Tenso la cabeza, los músculos del cuello, esto no puede continuar así. Subo deprisa las escaleras y salgo al jardín y respiro con intensidad. Me recibe el contraste de la canícula, es tremendo. Voy a la mesa, entrego las botellas a Daniel, le encargo que las abra y me dirijo a mi sitio. Cuando tomo asiento, me digo que debo escribirlo, que, a pesar de todo, la imagen de la

Oronda merece ir a la caja de zapatos. Lo memorizo y escucho la conversación. Está hablando Fina, insiste con el mismo tema. Dice: «Los hijos son de la madre y se acabó». La cabeza me da vueltas, veo las cosas rojas, unas luces afiladas, esa mujer me está irritando. «Es algo que no admite discusión», concluye Fina. Me aclaro la garganta. Digo: «Yo no lo creo así». «¿No sabéis hablar de otra cosa?», protesta Marcelo. Ginés levanta la copa y vocea: «¡Brindo por Jabo, el padre de verdad!». «Lo digo en serio —afirmo yo—, no es ninguna broma.»

Mara, bajando la voz, me dice: «Podías haberte quedado en la bodega». «Yo también te quiero», le digo en voz alta. Daniel y Ginés se ponen a reír, se dan codazos, bromean sobre la que me espera. Andrea los hace callar y Miranda permanece en silencio, pensativa. Marcelo se incorpora, va hasta el carrito de la barbacoa. Pregunta quién quiere repetir. Daniel y Ginés levantan la mano, a continuación se apuntan Andrea y Miranda. Fina es la última. Mara dice que no tiene más apetito, cruza los cubiertos sobre el plato y se reclina en su silla. Fina suelta un bufido. Entiendo que es su forma de acusarme de ser el responsable. Apoyo los codos en la mesa y le digo a Marcelo que yo tampoco voy a comer nada más. Andrea me lanza una sonrisa. Dice: «Jabo, no te lo tomes a pecho, hombre, estamos entre amigos». La miro, no me lo explico. Una mujer como ella con un tipo tan necio como Daniel. Eso no es natural. Me pregunto qué es lo que ha podido ver en ese hombre, yo no lo consigo por más que me esfuerzo. Me fijo en él. Está hablando con Ginés, entrelaza las manos por la nuca y se inclina hacia atrás. Sin dejar de columpiarse, comenta que las berenjenas van de puta madre para el colesterol. Entonces cae en la cuenta, interrumpe el balanceo, vuelve a la postura normal. Le dice a Fina: «Lo siento». «No entiendo qué tenéis todos en mi contra», se queja Fina. No sabe qué hacer con las manos y las retuerce. Luego, las esconde en el regazo. «Venga, Fina, no te hagas la víctima —dice Miranda en plan conciliador—, nadie se mete contigo.» «No somos tus hijos», digo yo para rematar la cosa. «¡Lo ves!», grita Fina. Me señala con el índice, está temblando. «Era una broma», explico. Pongo cara de inocente y me encojo de hombros. «Oye —me dice Miranda—, en serio, ¿qué has querido decir con eso?» «Nada, no vale la pena», contesto. Me dirijo a Daniel, le digo que me pase una de las botellas. «Jabo, de veras —insiste Miranda—, tengo curiosidad.» «¡Eso, encima anímale para que siga!», protesta Fina. Lleno la copa, doy un sorbo. Digo: «Está bien, como gustes. Vamos a ver, Miranda, tú te consideras una mujer ecuánime, equilibrada, ¿cierto?, o al menos, eso es lo que tratas de ser, ¿no es así?». Ella asiente, dice: «Lo intento, lo intentamos todos». «Todos, no —replico yo—, pero da igual, lo que quiero decir es que tú, al trabajar en una guardería, estás en contacto diario con las madres, con los niños, habrás visto de todo, ¿no?» Miranda dice que sí. Añade: «No entiendo a dónde quieres ir a parar». Me lo pienso un instante, digo: «Estoy dejando claro que tienes experiencia, que puedes ser objetiva. Ahora escucha, te voy a decir una palabra y tú me dirás, pensando en lo que conoces, lo primero que se te ocurra, ¿de acuerdo?». «De acuerdo», accede ella. «Pero ha de ser rápido, ¿eh?, lo primero que te venga a la mente, ¿entendido?» «Vale», dice muy seria. Hago una pausa. «¿Preparada?», le pregunto. Veo que afirma con la cabeza, está preparada. Digo: «Madre». Miranda me mira con extrañeza. Al cabo, dice: «No sé, ¿amor, protección?». «Amor, protección», repito yo. «Protección —vuelvo a decir—, perfecto, te refieres a los hijos, ¿no es eso?, te refieres a que hay que protegerlos, ¿verdad?, estamos de acuerdo, pero dime una cosa, dime quién los protege de las madres, ¿eh?, ¿quién los protege de ellas?, solo hay una respuesta, los padres, nosotros tenemos que hacerlo, no hay más remedio, eso es lo que quería decir.» Miranda se revuelve incómoda. Dice: «Estás tergiversando mis palabras». «Quizá —digo yo—, pero no es descabellado lo que digo.» Miranda se sonroja, Daniel se inquieta y Fina explota. La única que no se altera es Andrea, veo que sonríe con media sonrisa. Ginés le dice a Fina que se calme, pero ella hace caso omiso. Me grita que estoy chiflado. Dice que no puedo estar hablando en serio. Ginés insiste, le recomienda que no se ponga histérica. «¡No me pongo de ninguna manera! —chilla Fina—, ¡tengo dos hijos y sé lo que me digo, no es una teoría, nadie tiene que protegerlos de mí, ni siquiera tú!», y señala a Ginés. Se detiene, toma aire, vuelve a la carga. Dice: «Yo sé lo que es el amor de madre y nadie me puede decir lo que es mejor para ellos, ¿quién es Jabo para hablar así?, él no es nadie, no tiene ni idea, solo lo dice para herirme». Andrea deja escapar unas toses, llama la atención. Dice: «Fina, una cosa es cierta, el poder de una madre es demasiado poder». Ahora es Mara la que se encrespa. Se encara con Andrea, dice: «Tú no eres madre». Contemplo la escena recostado en el asiento, dando sorbos a la copa de vino. Sería posible echar más leña al fuego, pero me contengo al pensar que entonces se notaría. De todas formas, misión cumplida: Fina está fuera de combate. La observo. Se mantiene en silencio, abstraída, se rinde. Me parece cojonudo, espero que Mara tome buena nota del recado, que no haga oídos sordos al mensaje. Ahora, lo que me gustaría de verdad es comer unas costillas, he recuperado el apetito. Se lo digo a Marcelo, me pregunta cuántas y alzo la mano y hago el signo de la victoria. «¿Solo dos?», dice Marcelo. «Sí —contesto—, dos.» Se vuelve a la barbacoa y pone manos a la obra. De espaldas a la mesa, anuncia: «Queda un montón de comida, muchachos, hay que acabarla». Ginés pide dos más, Daniel le imita y Miranda y Andrea hacen otro tanto. «Eso está bien», aprueba Marcelo, y pide que alguien le ayude con los pimientos y las patatas asadas. Me levanto y voy yo, sujeto la bandeja, la lleno a medida que Marcelo me lo va indicando. Al poco, regresamos a la mesa. Nada más dar el primer bocado, Marcelo dice: «Calzoncillos». Y esboza una amplia sonrisa. «¿Qué?», pregunta Ginés. El resto nos volvemos hacia Marcelo. Marcelo acaba de masticar, bebe algo de vino y nos lo explica. Dice: «No os lo vais a creer, es una locura, pero he hecho la prueba y es lo primero que me viene a la cabeza cuando digo la palabra *madre*».

Marcelo continúa con la sonrisa. Pregunta: «¿No es curioso?». Ninguno responde, le observamos comer y esperamos a que siga. «¿Qué os pasa? —nos dice como si nada—, se os va a enfriar.» Hace un gesto hacia la comida. «¿Ya la has cogido, cariño?», pregunta Miranda. Daniel y Ginés se dan un codazo. «No, qué va, nada de eso», niega Marcelo. «Entonces, cuenta», empuja Miranda. Marcelo suelta los cubiertos, se echa para atrás. Dice: «Bueno, os lo cuento, pero es una bobada, os lo aviso, una cosa anecdótica, os vais a partir de risa». Nos mira a todos, decimos que de acuerdo, que lo tendremos presente. «Vale —dice—, vosotros mismos. Es una cosa de cuando era niño, bueno, una manía de ella. Veréis, mi madre tenía una costumbre muy particular; cada mañana, justo cuando ya estaba vestido para ir al colegio, entraba en mi habitación, hacía que me bajase los pantalones y revisaba la ropa interior que yo me había puesto. Ella la llamaba muda. La cosa es que controlaba que estuviera limpia, en perfecto estado de revista, y si no la veía impecable, hacía que me la cambiara de inmediato. Así cada mañana, las mismas discusiones, siempre a vueltas con lo mismo. Ella, para convencerme, argumentaba que si se daba el caso, Dios no lo quiera, de que yo tuviera un accidente, sería imperdonable que en el hospital, al desnudarme, me vieran la muda sucia. Mi madre decía que eso sería una vergüenza, que qué iban a pensar de ella los médicos del hospital.» Marcelo se interrumpe, fuerza una mueca. Dice: «Lo curioso, lo que realmente me llama la atención, es que es algo que todavía hago. Hay días en que me cambio hasta tres veces de ropa interior y cuando lo hago, no sé por qué lo hago, pero lo sigo haciendo, ¿es cierto o no, cariño?», pregunta a Miranda. Su mujer lo confirma. «Lo bueno es —continúa Marcelo—, que acabo de descubrir, así sin más, de golpe, que si hubiera tenido el maldito accidente, si me hubiera encontrado en esa situación, ¿os lo imagináis?, tendido en una camilla, sangrando a mares, con la cabeza abierta y el cuerpo convertido en un revoltijo de carne, me hubiera importado una mierda tener sucios los calzoncillos. Esa hubiera sido la última de mis preocupaciones. A eso me refiero, es para morirse de risa, ¿no? Es una cosa que no puedo quitarme de la cabeza, es curioso.» Marcelo se queda contemplando el vaso vacío de vino. Lo hace dar vueltas, mira dentro, el fondo. El rastro rojizo. Dice: «Y sin embargo, continúo haciéndolo, cada mañana, varias veces al día, es como una obsesión». Se endereza y agarra de nuevo los cubiertos. Se inclina sobre la mesa. A mí se me ocurre que es algo más que una obsesión, pero no lo digo. Me limito a preguntarme por las otras cosas, las cosas importantes, las de verdad, que esa madre pudo haber tocado en la cabeza de su hijo. Por los mecanismos que no funcionan, por el engranaje averiado. Oigo a Daniel reírse por lo bajo. Dice: «Pues a mí, la mía me decía exactamente lo mismo». Ginés suelta una carcajada. Exclama: «¿En serio?, ¡a mí también!». Pone una expresión tan cómica que nos contagia al resto. «¡A que fueron a la misma escuela!», grita Daniel. Las risas aumentan. Un instante, y disminuyen con la misma rapidez con la que han comenzado. Andrea y Miranda miran la cabeza de Marcelo que sigue inclinada sobre la mesa. Ginés observa el cielo, Daniel la etiqueta del vino. Fina y Mara me están mirando a mí que no miro a ninguna parte y cierro los ojos. Siento un escalofrío.

La voz enronquecida, sin inflexión, nos despierta a todos del ensimismamiento. Es Andrea, dice que a ella le sale *puta*. Mueve la cabeza a los lados, ve nuestros rostros, el semblante serio. Acto seguido, desvía los ojos, los baja al plato, remueve los restos con el tenedor. Daniel se sirve más vino y deja la botella junto a su copa. Andrea dice: «Se me quedó grabado, no lo puedo olvidar, es algo que nunca podré olvidar». Alarga una mano hacia mí, hacia el paquete de tabaco. Pregunta: «¿Puedo?». Digo que sí, enciendo el mechero y le doy fuego. La primera calada es profunda, suelta el humo, aparta un poco la silla. «¿Os molesta que fume? —comenta—, es que me pongo nerviosa cuando recuerdo aquello.» Daniel se vuelve hacia Andrea. Dice: «No deberías hacerlo, no vas a sacar nada en claro». Andrea replica: «¿Y quién dice que pretendo sacar algo en claro?». Sostiene la mirada de Daniel, un momento, y dice: «No quiero que digas que estoy haciendo terapia de grupo o algo parecido, no quiero que me lo digas porque no se trata de eso, yo no sería capaz de hacer una cosa así, lo sabes». Daniel insiste. Dice: «Solo digo que no es bueno para ti, eso es todo». «¡Claro, para ti es fácil, a ti no te dijo tu madre que eras una puta!», grita Andrea. Daniel se encoge de hombros. «Como quieras», dice. Alcanza la copa, bebe un trago, se limpia los labios con el dorso de la mano. Andrea nos dice: «Ya lo habéis oído, me llamó puta, me fui a vivir con Daniel y me llamó puta. El hecho de no estar casados le pareció suficiente motivo, eso fue lo que pasó». Apaga la colilla en el plato, la retuerce, la hace migas. Mira en mi dirección, al paquete de cigarrillos. Se lo empujo y vuelve a coger uno. También le acerco el encendedor. «En fin —continúa Andrea—, ya os lo podéis imaginar, no es una historia original, es lo de siempre, lo típico. Nos puso las cosas muy difíciles. Mi madre decía que nada bueno podía sucederme si convivía con un hombre sin antes haber regulado la situación. Es lo que ella decía, hablaba de regularizar nuestra situación.» Se lleva la mano a la sien, parpadea. Dice: «Me hizo daño, estuvo a punto de mandar al traste lo mío con Dani». Se vuelve hacia él, le pregunta: «¿Lo recuerdas?, no tenía una buena opinión de nosotros». Daniel no dice nada, se limita a mover levemente la cabeza sin levantar los ojos del mantel. Andrea se quita una brizna de tabaco de los labios y de nuevo se gira hacia los demás. Dice: «Lo peor de todo es que estuvo a punto de convencerme de que lo era, me hizo sentir mal, sucia, ya sabéis, al hacer el amor. No pude hacerlo durante un tiempo». Andrea suelta una risita nerviosa, se ruboriza. Esto me produce náuseas, hace que me sienta malvado. Sé que no es cierto, pero es lo que siento. Mi intención era excitar la memoria verbal, pero solo para fastidiar a Fina, Andrea no se lo merece. La cosa es patética. Me pregunto por qué, cuando la gente piensa en sus madres, se sienten tan extraños, tan desvalidos. Descubro que es como una epidemia, que no soy el único. «Quizás una cosa no tenga que ver con la otra, no lo sé —cuenta Andrea—, pero más adelante, una tarde de domingo, fui a su casa para mantener una charla con ella. Yo todavía tenía las llaves y entré sin llamar a la puerta, no me esperaban. Los oí en la sala. En fin, ya os hacéis cargo, se oían gemidos, palabras obscenas y todo lo demás. La sala estaba iluminada por una luz que al principio no supe distinguir. Al acercarme, descubrí que era por la televisión, de ahí provenía la luz, los gemidos, estaban viendo una película X. No, no creáis que me escandalicé, en absoluto.» Andrea niega con la cabeza, nos mira. Clava los ojos en Marcelo, en mí, va de uno a otro. Dice: «Bueno, Dani y yo habíamos visto alguna, por curiosidad, no vayáis a creeros. Lo que me afectó de veras fue que mi madre estuviera con mi padre, los dos viendo cómo a una mujer la ensartaban tres tipos a la vez, los cuatro, los seis, muy entusiasmados. Uno de ellos era negro, lo recuerdo muy vivamente, nunca había visto una..., bueno, lo que quiero decir es que mi madre consideraba aberrante que yo viviera con Dani sin estar casados, y que me dijera de todo y que me llamase puta mientras ella se dedicaba a poner en marcha a mi padre con películas sucias, eso es lo que más me dolió, de verdad, fue horrible.» Daniel coloca una mano en sus hombros, luego la coge por la cintura y la atrae hacia sí. Andrea dice: «Ya te lo conté, Dani, te acuerdas del daño que me hizo, me llenó de inseguridad y la odié por ello, la odié con todas mis fuerzas, no tenía derecho». Se suelta, nos explica: «Por eso, cuando la vi en la sala, con mi padre, con la tele llena de tíos haciéndolo, no sé, pensé que mi madre era una mujer perversa. Fue un dolor gratuito. ¡Era mi madre, caramba! Mirad, cualquiera puede llamarte lo que quiera, y sí, puede afectarte, pero si es tu madre quien te lo dice, la cosa cambia, eso te puede hundir». Se interrumpe, se queda callada. Ninguno de los demás hablamos y a mí me da por pensar en las palabras nocivas, las palabras perturbadoras, las deliberadas. Mara rompe el silencio, dice: «Andrea, todos experimentamos algo parecido hacia nuestras madres, siempre tenemos algo que reprocharles, es lo normal, pero eso no significa nada. Son madres, no son perfectas, ¿vale?, nadie lo es, quiero decir que ninguno de nosotros lo somos, eso es lo que digo. De todas formas, entiendo que te doliera, es muy fuerte, pero una madre también puede cometer errores, es humana, tendría sus motivos». Andrea, en voz muy baja, replica: «Yo también soy humana, pero yo no los juzgo, no puedo hacerlo, nadie puede hacerlo. Yo no digo lo que está y lo que no está bien, cada uno tiene sus motivos, los míos le podrían parecer ridículos a ella, pero a mí los suyos me resultaron asquerosos. Te lo juro, Mara, es una barbaridad, pero por un instante pensé en..., en..., yo qué sé, en matarla, no tenía derecho». Fina va a protestar, Mara la interrumpe y ambas se disculpan. Me adelanto y soy yo el que habla. Digo: «No es ninguna barbaridad, Andrea, es una reacción natural». Fina grita: «¡Estás loco!». Ginés interviene, dice: «Te has pasado, Jabo, en esto te has pasado de la raya, nadie en sus cabales sería capaz de matar a su madre, no creo que nadie fuera capaz de hacer una cosa así». Miro a Fina, a Andrea. Vuelvo la cabeza y apunto a Mara, no dejo de mirarla. Sonrío, de oreja a oreja. Digo: «Yo podría hacerlo».

«¿Quién quiere unas salchichas?», pregunta Marcelo incorporándose de la silla. Se acerca a la barbacoa, levanta la bandeja medio llena de carne cruda. Vuelve a preguntarlo. Dice: «¿Eh, a quién le apetecen unas salchichas recién hechas?». Daniel dice que una, que la última, y Ginés dice que también una para él. A continuación se vuelve hacia Fina, intenta convencerla para que coma algo, pero ella dice que no, que no tiene hambre. Miranda insiste: «Venga, Fina, no seas cabezota, es solo una conversación, hablar por hablar». «No, no es hablar por hablar», asegura Fina. Y mirando hacia mí, añade: «Hay mucha maldad en esta mesa». Mara dice: «No le hagas caso, con Jabo ya se sabe». Oigo su comentario y se me pone la piel de gallina, esas son palabras de mi madre. La negación. Solía decirme cosas así. Me lo saco de la cabeza y le digo a Marcelo que no me entra ni una pizca de comida. Enciendo un cigarrillo, le ofrezco uno a Andrea, se lo piensa un momento y acepta. «Hagamos un brindis», propone Miranda. Marcelo regresa, Daniel rellena las copas y todos las alzamos. Miranda se levanta, nos observa un momento. Al fin, dice: «Por Mara, la futura mamá, para que todo vaya bien». Chocamos las copas, bebemos. «Jabo, el vino es espléndido», opina Daniel. Sonrío. Digo: «En casa de Julián todo es de primera». La gente se pone a armar bulla, se burlan. Me da igual, yo sé que el vino, en realidad, es el más barato de la bodega. Me pongo a reír. Daniel dice: «Pues a mí, lo primero que me viene a la cabeza son las notas, eso sí era una tragedia, no os podéis imaginar la que se montaba en casa cuando veían los suspensos». El comentario de Daniel obra un efecto inmediato, la gente se relaja, le atienden. Daniel, satisfecho, nos cuenta que solo aprobaba gimnasia y religión, que el resto siempre le quedaban para septiembre. Le creo, es lo que yo pensaba. Sigue hablando, pero ya no le escucho. Daniel termina, señala a Ginés, le dice que por qué no hace la prueba. Ginés se lo piensa, tarda en encontrar la palabra. Al rato, entre sonrisas, nos anuncia que ya la tiene. Dice: «Sesos», y se lleva las manos a la tripa. Relata: «Mi madre decía que alimentaban mucho, que tenía que comerlos por mi bien, pero a mí no me gustaban, eran repugnantes, tan viscosos. Recuerdo que me llenaba la boca con ellos, hacía una bola enorme y tardaba una eternidad en tragarla. Así hasta que ella se cansaba de esperar y me daba un cachete, nada, un simple pescozón cariñoso, y, con tal de obligarme a acabar todos los sesos que me ponía en el plato, me contaba lo de que había muchos niños en el mundo que pasaban hambre y lo de la gran suerte que yo tenía. Tendríais que haber visto la cantidad, era imposible de acabar, pero no había forma de escaparse, mi madre era implacable. No he vuelto a comer sesos en mi vida, los aborrezco». Marcelo llega a su altura, le entrega el plato y Ginés arruga la nariz al ver la salchicha. Con voz fingida, pregunta: «¿Y si no me la termino?». Fina le dice que no bromee con la comida, que la comida es sagrada. Ginés exclama: «¡Mujer, estás a la que salta, solo bromeaba!». Daniel la señala, dice: «Ahora tú». Fina me mira con hastío, contesta: «Educación, buena educación». Marcelo exclama que le toca a Miranda, le dice que ahora va ella. Miranda protesta. Dice: «Yo ya lo he dicho». Marcelo replica que no, que lo de antes era pensando en otras madres. Insiste: «Lo siento, cariño, pero no te vas a escaquear». Miranda finge que se resigna, que lo acepta. Dice: «Vale, entonces... inyecciones, les tenía pánico a las inyecciones». Nos explica: «Mi madre, la pobre, tenía que perseguirme por toda la casa para ponerme una, todavía hoy les tengo pánico». Me echo a reír, abiertamente. Marcelo me pregunta qué es lo que me hace tanta gracia. Contesto: «Nada, solo que me parece chocante que una mujer que tiene pánico a las inyecciones se acabe casando con un farmacéutico». Marcelo y Miranda se sonríen. Miranda comenta: «No había caído», y Marcelo dice: «Por eso te casaste conmigo, bandida, ahora lo entiendo». Ginés suelta: «Esto me huele a divorcio». El resto se guasean de ellos y se ponen a abuchearlos como niños. Señalo a Mara, le digo: «Mara, te toca». Mara niega con la cabeza. Dice: «Yo, nada, no juego, es un juego absurdo». Los demás dejan de reírse. Marcelo se encoge de hombros, me dice que es mi turno. No tengo que pensármelo, digo: «No». «¿Cómo que no?», se intriga Ginés. Se lo explico. «Eso es lo que me decía mi madre, que no». Todos me miran dudando, no acaban de averiguar si hablo en serio o es una de mis ocurrencias. Mara, dirigiéndose a ellos, dice: «No le hagáis caso, es un negativo, siempre va con el *no* a cuestas». No me gusta que diga eso, ha vuelto a hacerlo, su forma de negarme. «Es mi cruz», digo yo. Empujo la silla hacia atrás y me levanto. Digo: «Voy a preparar el café». Rodeo la mesa mientras los demás se ponen a hablar entre ellos. Marcelo retira la última salchicha de la rejilla, la deja en un plato. Me hace una seña para que me acerque, voy hacia él. Comprueba que nadie nos oiga y me susurra que no ha estado bien mi comentario de antes, que ha sido un comentario desafortunado. Le pregunto a cuál se refiere. Dice: «Lo sabes perfectamente, aquello que has dicho sobre que tú sí podrías hacerlo». «Marcelo —le digo en voz ni alta ni baja—, no me arrepiento en absoluto, no te vayas a creer.» Marcelo me repasa de arriba abajo. Me sorprende, eso quiere decir que no me ha entendido. Marcelo anuncia que se cierra el servicio de cocina, recoge el plato y se sienta a la mesa. Ginés dice: «Se está nublando». Miranda y Andrea alzan la vista al cielo. Andrea dice: «No hay nubes». «El cielo está despejado», observa Miranda. Todos se ríen de Ginés, le llaman alarmista, aguafiestas. Ginés no sabe qué cara poner. Empeñado, insiste. Dice: «Pero no me negaréis que se ha levantado viento». Esto le deja satisfecho. Todos dicen que sí, que es cierto, pero que se trata de un viento caliente. «No nos sirve para nada», concluye Daniel. Ginés sonríe victorioso. Es un buen tipo este Ginés, muy peculiar. Es como un niño grande. A mí me recuerda a alguien, pero no sabría decir a quién. Entro en la cocina, agarro el bote del café, comienzo a llenar la cafetera. Cuando termino, la pongo en el fuego y espero.

«Jabo, el café ya está listo, ¿no lo ves?» Es Andrea la que me avisa. Me mira con fijeza, parece preocupada. Me pregunta si me encuentro bien y le digo que sí. Señala la cafetera, el café desbordando. Apago el fuego, digo: «Perdona». Irrumpen Fina y Miranda cargadas de platos. Ginés viene detrás acarreando bandejas y copas. Dice: «¿Qué pasa con ese café que no sale, y el postre?». «Ya va, hombre, no seas pesado», protesta Fina. Andrea me cuenta que Mara está fuera, con Marcelo, descansando en el jardín. Daniel entra en la cocina y se queja, dice: «Marcelo es un remolón, no quiere ayudar a retirar la mesa». Miranda le replica que Marcelo ya ha hecho suficiente. Los escucho, pero no acabo de comprender de qué va el asunto, estoy espeso, con la cabeza en otra parte. Estaba pensando en que me gustaría hablar con alguien. Andrea insiste. «¿Seguro que te encuentras bien?». «¿Qué le pasa?», pregunta Fina. Ella misma se responde. Dice: «Será por el vino». «No seas tonta —dice Miranda—, es el calor, se habrá mareado.» Andrea me aparta y dice que ella se ocupa de llevar el café a la mesa. Añade que vaya a sentarme, me lo aconseja muy seria. Digo: «Gracias, no es nada, solo es un pequeño dolor de cabeza». Andrea se obstina. Abre un armario y comienza a sacar tazas y platos de café. Le ordena a Ginés que los lleve al jardín.

«¿Por qué yo?», dice Ginés. Me guiña un ojo, lo pone todo en una bandeja y sale de la cocina. Yo hago lo mismo, les digo que voy en busca de los licores y desaparezco. Necesito estar un rato tranquilo. Me refugio junto al arcón de abajo, donde Julián guarda los licores fríos. Lo abro, lo dejo abierto, me asomo. Una vez despejado, saco unas cuantas botellas, regreso a la cocina, las pongo en un carrito, recojo un par más de la despensa y voy hasta donde se encuentra todo el mundo. Mara permanece en silencio, me recibe con cara de pocos amigos, y se me ocurre que debe de estar conjeturando que voy a ser un padre horroroso. El peor de todos. No se lo reprocho, es algo que yo también he pensado. Acerco el carrito a la mesa, les digo que hay de lo que quieran y que cada uno se sirva. Voy enumerando las posibilidades: moscatel, coñac, whisky, vodka helado, los licores de manzana, ciruela, albaricoque. Como veo que nadie me presta atención, guardo silencio y voy a sentarme. Fina sigue hablando. Acaba una frase. Dice: «... los hijos contra las madres, todos contra todos». Daniel comenta: «Son los tiempos, Fina, los malditos tiempos que nos toca vivir». «Destrucción, hoy solo se piensa en destruir, la gente se mata por nada, nos lo estamos cargando todo —dice Miranda—, por favor, que alguien me diga el porqué.» «Hablando de matar —dice Ginés—, ¿no lo habéis leído?, viene en el periódico de hoy, es una pasada.» Se refiere a un suceso de la crónica negra. Comienza a contarlo sin dejar de comer. Me resulta raro oír hablar de un crimen así a alguien que tiene la boca llena de dulces pastelillos, no me parece correcto. Fina dice: «Yo lo he leído, es espeluznante, un chico de quince años, de solo quince años, es increíble. Asestó una docena de puñaladas a su madre y luego se fue a dormir tan tranquilo. Lo detuvieron a la mañana siguiente y confesó, dijo que había que darle un escarmiento, un buen susto, y que se le había ido la mano; que la idea se le había ocurrido de pronto, como un fogonazo, *como un relámpago*, es lo que dijo. ¡A su propia madre!, ¿os lo podéis imaginar?». Mira alrededor, las caras de todos, para comprobar el efecto de sus palabras. Llega a la mía, se detiene. Marcelo dice: «Un desequilibrado, es lamentable». «¿Lamentable? —chilla Fina sin apartar sus ojos de los míos—, ¿eso es todo lo que se te ocurre decir?» «¿Se sabe el motivo, por qué la mató?», pregunta Daniel. «Por nada —responde Fina—, por lo visto, discutieron por un canal de televisión y una cosa llevó a la otra.» «Entiendo», apunto yo, le sostengo la mirada. Fina gira la cabeza. Agrego: «Las palabras nocivas, las marcas, a mí no me extraña». Nadie me escucha. Ginés, un poco bebido, dice: «No es el único caso, he leído sobre otros similares, recuerdo uno en que...». Marcelo levanta los brazos, le hace callar. Dice que ya está bien. Añade: «Es suficiente, dejémoslo, ¿vale?, es morboso. ¿Por qué estamos hablando de esto?, ¿se puede saber de quién ha sido la brillante idea?». «Ha sido Jabo —acusa Mara—, él lo ha organizado todo.» Me señala con el índice como si yo fuera uno de los asesinos. Me defiendo. Digo: «Eso es mentira, ha sido Fina, ella ha sido la primera». Me oigo chivándome y no me gusta lo que oigo, yo no soy ningún chivato. «¡Basta!», corta Marcelo. Dice:

«Estamos agobiando a Mara». «No, nada de eso, Mara no está agobiada —les digo—, lo que se teme es que yo...» Marcelo me interrumpe. «Nos da lo mismo, Jabo, he dicho que ya está bien y ya está bien.» «Solo era una broma», comento. Nadie me cree. Lo veo en sus caras. Digo: «¿No tenéis sentido del humor o qué?». Repaso sus miradas, me descalifican, no es agradable. Mara cierra los ojos, no quiere mirarme, no quiere que yo lea lo que hay en sus pupilas. Me decepciona. Solo era un juego, nada más, un intento de convertir la reunión en algo interesante, no hay que tomarse las cosas tan en serio. Es lo que ella siempre me dice, lo que me aconseja por mi bien. Estiro los brazos hacia el cielo, aparento que no me importa su actitud y se me escapa un bostezo. Noto la garganta seca. Estoy cansado de tanta conversación, de la gente. Me levanto, voy hasta el carro de las bebidas, saco la botella de malta. Cuando vuelvo, al pasar por detrás de Fina, ella me sujeta del antebrazo, me obliga a inclinarme hasta la altura de su rostro y me susurra: «No te portas bien con Mara». Vista de cerca, Fina es repulsiva. El vello sobre el labio, los granos en las mejillas. Me incorporo. Lo que digo es: «¿Te lo parece?».

No paran de beber, los amigos de Mara no paran de beber y de decir banalidades. Me aburren. Doy un vistazo y sí, la luz es otra, es diferente, es rara. El día se ha vuelto de color calabaza. Miro alrededor, a las acacias, a las buganvillas, a los baladres del fondo. No hay duda, el viento ha aumentado y el sol da la impresión de que se esconde detrás de unos nubarrones. Me levanto, aprieto el interruptor de recogida y retiro el toldo. En casa de Julián todo funciona de la misma manera, apretando botones. Julián es un fanático de los mandos, cada cosa tiene su mecanismo, una forma automática de resolverse. «¿Habéis visto? —señala Daniel hacia arriba—, es una tonalidad extraña.» Todos miran. «No veo nada de extraño —replica Ginés—, has bebido demasiado, eso es lo que veo.» Andrea arremete contra Ginés, le dice que no le eche en cara estas cosas a Daniel y, dirigiéndose a Fina, agrega: «Haz que se comporte, que no diga tonterías». Fina, con tono solemne, sentencia: «Mi marido no dice tonterías». A todos se les escapa la risa, no pueden evitarlo, hasta Mara se ríe.

Trata de impedirlo, sujeta los labios, pero no lo consigue. Todos saben que si hay alguien capaz de decir las mayores tonterías, ese es Ginés. Es un asno, un asno de solemnidad. Ginés se hace el ofendido. Dice: «No sé de qué os reís tanto». Oigo el timbre del teléfono, salgo como una flecha hacia la sala y me pierdo la réplica de los otros. Agarro el auricular. Digo: «Sí». Escucho, no hay respuesta, de nuevo el silencio. No espero y cuelgo. Rehago el camino de vuelta tratando de quitarle importancia. Me siento, es Marcelo el que habla. Dice que el licor de manzana es bueno, muy bueno. Lo dice con tanto énfasis que se atraganta, comienza a toser, se pone colorado. Un rato y termina con las toses. Dice: «Es un licor de cien pares de narices, muy bueno; sí, señor». Acerca el vaso a su mujer, le pregunta: «¿No quieres probar un poco?». Miranda le mira igual que si lo viera por primera vez. Sonrío, me hace gracia la cara de perplejidad. Es Daniel quien empieza con las carcajadas, Mara se contagia y todos estallan en nuevas risas. La cuestión, por lo que veo, consiste en reírse todos un poco de todos. «Estáis borrachos», opina Miranda. Se vuelve hacia mí, añade: «Estarás contento». «Tesoro, Jabo no tiene la culpa», murmura Marcelo en plan cariñoso. «Sabes que no soporto el alcohol», dice Miranda, fingiendo estar molesta. De nuevo se dirige a mí, cambia la voz, el tono. Dice: «¿Puedo beber un poco de vodka helado?». Marcelo pone cara de asombro, los demás siguen con las risas, y cuando Ginés dice que le acaba de caer una gota de lluvia, no se pueden contener y se desternillan del todo. «En serio —insiste Ginés muy digno—, me ha caído una gota en la cabeza.»

Daniel recupera el resuello, dice: «Eso es porque eres calvo y lo notas antes que nadie». «Es nuestro servicio meteorológico particular», suelta Marcelo entre resoplidos. Más toses, se le escapa un chorro de licor de manzana. Miranda interviene. «¡Marcelo!», le regaña. Yo me mantengo al margen, los observo. Sé que estoy de más en la reunión, la fiesta es suya, yo no tengo nada que ver con ellos. Enciendo un cigarrillo, tiro la cabeza hacia atrás y juego con el humo. Las risas, las bromas. Se divierten. Cierro los ojos, pienso en otra cosa, en lo que me gustaría hacer. Mara me sacude por el hombro. Dice: «Ahora no». Recupero la postura, la miro. Ella sonríe, está relajada, contenta. Nada que ver con la Mara que conozco. Fina le recomienda que vaya a acostarse un rato, le dice que una siesta le sentará de maravilla. «Para reposar la digestión», puntualiza. Daniel exclama: «¡Toma, y a mí!». Ginés se apunta a la idea de inmediato. Les digo: «Hay camas de sobra». Daniel y Ginés se burlan de mi comentario, hacen chanza. No lo entiendo, lo que he dicho es verdad. Mara, dirigiéndose a Fina, acepta: «Bueno, pero solo media hora». Se pone de pie, me mira. Dice: «No me dejes dormir más de media hora que luego me levanto con dolor de cabeza». Asiento sin pronunciar palabra. Me molestan las bromas de

Daniel y Ginés, sigo sin captarles el sentido, la razón. Marcelo dice: «Vete tranquila, Mara, nos encargaremos nosotros, no te preocupes». «Iremos todos juntos a despertarte», comenta Daniel. «Muy gracioso», replica Mara. Da media vuelta y camina hacia la casa dentro de los brazos de Fina, que la lleva por los hombros. Antes de entrar, Mara se gira, me dice que no beba demasiado. Siento enrojecer las mejillas. Para que no se note, me echo a reír. Daniel dice: «Yo me encargo». Ginés añade: «Yo vigilaré a los dos». Por si acaso, y para zanjar el asunto, Fina señala: «Lo haré yo». De nuevo la encaja entre sus brazos, tira de ella y ambas desaparecen por la puerta de la cocina. Ginés lanza un suspiro. Dice: «Vale, ahora hablemos de mujeres». «Ni en broma —corrige Andrea—, hablaremos de hombres, ¿verdad que sí, Miranda?» «Verdad», corrobora Miranda. Marcelo se sirve otra copa de licor de manzana. Dice: «Os lo digo de veras, es un licor excelente, el mejor que he probado nunca». «Ya os lo he dicho antes, en esta casa todo es de primera», repito. Daniel y Ginés sueltan unas toses exageradas, se ríen de lo que digo. Les pregunto: «¿Qué os sucede a vosotros dos?». Y apostillo: «Es la pura verdad». «Habla el potentado», se burla Daniel. Andrea le da por debajo de la mesa, lo deduzco por la cara que pone Daniel. Marcelo y los demás disimulan, es un tema espinoso. Compruebo que conocen al dedillo mi situación. Finjo que no me importa, me encojo de hombros. Digo: «Es una casa fabulosa, un día tendré una parecida». Cesan las risas y las bromas.

Ninguno sabe dónde mirar. Marcelo juega con el vaso. Digo: «Seguro, ya lo veréis».

Ginés alza la vista. Dice: «Se ha puesto muy nublado, ha sido en un abrir y cerrar de ojos, para mí que amenaza tormenta». Eso sería estupendo, pienso yo, sería genial que refrescase el ambiente. «No sé —dice Marcelo—, veo algo raro en todo esto, no me parece normal, el aire, la atmósfera, está muy cargado.» Hace una pausa. Continúa: «Y el calor, es demasiado sofocante». «Estamos en agosto, cielo —dice Miranda—, es lo natural.» Marcelo discute: «Cuando digo que no es normal es porque no es normal». Se incorpora, va hacia la piscina. Sube por el repecho del césped sin dejar de mirar hacia arriba. Frunce el ceño y coloca los brazos en jarras. Le grito: «¡No es nada, Marcelo!». Su mujer me dice que lo deje en paz, que Marcelo es así, que no parará hasta que logre averiguar la razón. Añade: «Siempre tiene que salirse con la suya». «¡Hombres!», exclama Andrea. «Oye, a mí déjame tranquilo», protesta Daniel. «No estaba hablando de ti», replica Andrea. Fina reaparece y exclama: «¡Qué oscuro se está poniendo!». No hago caso, enciendo un cigarrillo, dejo el paquete encima de la mesa. Daniel y Ginés se sirven y, al instante, Andrea y Miranda nos imitan. Me temo que voy a quedarme sin tabaco, es incomprensible, cada uno debería traer el suyo. Observo a Marcelo. Está plantado en el borde de la piscina, ahora despliega los brazos, abre las manos, vuelve las palmas hacia arriba. Está esperando algo, que algo caiga del cielo. Una revelación, agua, no sé. Es una imagen que no me gusta, es premonitoria, de mal agüero. Doy una calada. Doy otra. De repente, aprieta los puños, gira la cabeza hacia nosotros, grita unas palabras que nadie descifra. Hace gestos para que vayamos, insiste, nos anima, pero ninguno se mueve. Marcelo regresa corriendo. Le veo radiante.

«Lo que yo decía —nos cuenta con indisimulado orgullo—, no podía ser de otra manera, no era normal.» Y anuncia: «Está lloviendo». Los demás nos miramos sin acabar de entenderlo. «¡Pamplinas!», exclama Ginés. «Oye, Marcelo, no cae una gota de agua», dice Daniel. «Venga, deja de hacer el payaso y siéntate —recomienda Miranda—, has bebido más de la cuenta.» Marcelo no se inmuta, luce una amplia sonrisa que le cruza la cara de parte a parte. Satisfecho, extiende el brazo hacia nosotros, nos muestra el puño cerrado. Miramos, lo abre. Vemos que en la mano hay un algo oscuro, un algo negruzco con los bordes requemados. No decimos nada. Marcelo aclara: «Es ceniza, está lloviendo ceniza». Ginés y yo nos encogemos de hombros, el resto, salvo Daniel, permanece quieto. Daniel aprovecha para servirse otra copa. «Se trata de un incendio —explica ahora Marcelo—, el viento empuja las cenizas hasta aquí.» Gira la cabeza, nos recorre uno por uno. Agrega: «Y tiene que ser un incendio descomunal porque ha oscurecido el cielo, ¿lo veis?, es lo que yo decía». Marcelo continúa alardeando un rato, los demás tardamos en reaccionar. El primero en hacerlo es Ginés, se incorpora, va hacia la piscina. Le siguen las mujeres y Daniel. Marcelo se queda contemplándome. Le devuelvo la mirada. Al cabo, me levanto con lentitud. Oigo a Ginés que dice: «Es cierto, la piscina está llena de ceniza». «¡Mirad!», señala Daniel extendiendo un brazo hacia las montañas. Los demás desvían los ojos hacia allí. Dice: «Se ven las llamas». Los veo ponerse de puntillas y alargar el cuello, todos mirando hacia donde indica Daniel. La curiosidad, una especie de excitación, los agita. Los veo ridículos, como niños a la hora del recreo. Me acerco hasta ellos. Miro en esa dirección y, en efecto, se ven llamas, una humareda enorme. «Es un gran incendio», dice alguien. No reacciono, no acierto a hacer nada. «Habría que avisar a la policía —señala Daniel—, a los bomberos.» «No seas tonto —dice Marcelo—, ese incendio lleva horas ardiendo, ya habrán avisado.» Ginés dice que ahora se explica la luz calabaza. Dice: «Es todo un espectáculo». Andrea comenta: «Es triste». «¡Mirad las llamas! —grita Fina—, da miedo, ¿no?» Guardo silencio.

Las mujeres continúan de puntillas intentando atisbar. Daniel, más por hacerse el gracioso que por otra cosa, acerca unas sillas y las anima a que suban. Marcelo y Daniel agarran de la mano a Miranda y Andrea y las ayudan. Ambas colocan una mano sobre la frente, hacen visera para ver con mayor claridad. Fina dice: «¿Qué se ve?», y a su marido: «Quiero subir, sujétame». «No es nada —digo yo—, es solo un incendio.» No me escuchan. Se me ocurre que desde la buhardilla se verá mejor que en ninguna otra parte, pero no me atrevo a decirlo. No quiero subir, no quiero que suban. Miranda pregunta: «¿No está por ahí vuestra casa?». La voz, el tono, es inocente, sin intención. Aguardan mi respuesta. Yo continúo inmóvil, en silencio. Los veo así, las mujeres subidas a las sillas con los hombres, de pie, sujetándolas por la mano, y los veo absurdos, tan absurdos como la cosa más absurda pueda ser. Dan risa. No pierden la compostura mientras esperan que yo les confirme que sí y permanecen sin bajar de sus atalayas, sin soltarse de las manos, como si temieran que al moverse algo se fuera a romper, que algo, yo por ejemplo, explote en mil pedazos. Digo: «Sí, mi casa está por ahí, muy cerca». Ninguno hace un gesto, un movimiento. Me miran, me estudian, siguen quietos. Tres figuras alzadas, las otras tres a distinto nivel, con las manos tendidas como único punto en común. Seis figuras estáticas y yo, la séptima, desentonando. La fotografía de lo grotesco que el tiempo retrata. Para no ser menos, el viento arrecia, empuja más calor, las cenizas. Avivando el fuego, pienso yo. Me viene a la cabeza que la casa es de madera. Carraspeo y digo: «No sé qué decir». Entonces se me escapa la risa. Es un poco histérica, pero es risa al fin y al cabo. Ellos continúan estáticos, petrificados, no hacen ni un guiño siquiera. No puedo parar de reírme. Lo peor de todo es que no sé por qué lo hago.

Marcelo me tira del brazo, sé que es él, reconozco su voz. Dice que hay que hacer alguna cosa y yo no entiendo a qué se refiere. Insiste en que nos movamos.

Dice: «Hay que ir ahí arriba, Jabo, yo te acompaño, vayamos en mi coche». «No —digo yo—, iremos en el todoterreno de Julián.» Ha sido una buena idea, una idea genial, hace tiempo que tengo ganas de conducir el Mitsubishi. «Bueno, venga, vamos ya», insiste Marcelo. «No será nada», dice Ginés a mi espalda. Andrea, Fina y Miranda se han alejado hasta la mesa del porche. Daniel mira boquiabierto el cielo, que cada vez está más oscuro. No cesa de repetir que es impresionante, que no ha visto nunca una cosa parecida. Voy hacia las mujeres con paso lento, sin prisas. Cuando llego donde ellas, digo: «Que Mara siga durmiendo, no la despertéis». Y añado: «Es mejor así». Las tres asienten en silencio y no sé, pero creo que Fina me mira de otra manera. Parece como si descubriera algo nuevo, una faceta mía que hasta ahora le hubiera pasado desapercibida. Se pone de pie, me da un beso en la mejilla. Dice: «Tranquilo, Jabo, yo me ocupo de ella». No sé la razón, pero eso me molesta más que la idea del incendio. Es un beso falso, un beso traidor. Fina está convencida de que soy un mal marido, un hombre básicamente inútil, un monstruo, vaya. Ese beso no era necesario, está fuera de lugar, no me gustan los cambios tan repentinos, me recuerdan a mi madre. Y hablando de madres, la naturaleza. Recuerdo lo de los castigos. «Es una zorra», digo en voz alta, con ira. Tanto las mujeres como los hombres se escandalizan, no comprenden de qué hablo. Con tal de calmarlos, les digo: «La madre naturaleza me la tiene jurada». «Tranquilízate, Jabo —dice Marcelo con ánimo apaciguador—, no desbarremos, lo más importante ahora es no perder la calma.» «Estoy tranquilo», digo yo. Pero nadie me cree. Todos me miran con rostros cargados de repentino respeto y a mí me cuesta aceptar que las desgracias conviertan a los desgraciados en dignos de respeto. Por si las moscas, añado: «No pasa nada, lo más probable es que apaguen el incendio antes de que llegue a la cabaña». «Vamos —repite Marcelo con nerviosismo—, vámonos ya.» Está inquieto, la casa es mía y él está inquieto. «Tened cuidado —dice Miranda, preocupada—, no hagáis tonterías.» Toda la escena me confunde, tiene un nosequé artificial. Da la impresión de que Marcelo y yo vayamos a iniciar una aventura y Miranda, la amante esposa y amiga, trate de insuflar coraje a los dos protagonistas. Es ridículo, no va a suceder nada, no tiene por qué suceder nada. Es solo un incendio. No sé a qué viene tanto follón. Daniel, que se había separado del grupo, vuelve diciendo: «Se ven los helicópteros, es grandioso».

Andrea le abronca por lo bajo. No obstante, oigo que le dice que no es momento de mostrar tanta curiosidad. «Es insano», susurra. A mí me gustaría ver a los helicópteros en acción y le pregunto a Daniel qué están haciendo. Me lo explica. «Recogen agua de las piscinas de la zona y la dejan caer sobre las llamas», dice. «Son como halcones, los pilotos deben de ser tipos con una gran sangre fría», añade con admiración. Pienso en esa clase de hombres, los de sangre fría. Si pudiera, yo elegiría ser como ellos, el pulso firme, sin reflejar los nervios, manteniendo la serenidad en cada instante. Yo podría hacerlo, estoy seguro. No lo había pensado antes, pero estoy seguro de que podría. Gobernar la nave con precisión milimétrica, dejar caer la carga salvadora con estilo, rehacer el vuelo y vuelta a empezar. Ese tipo de hombres, los héroes, nunca pierden la calma. Pienso en ellos y me acuerdo de un detalle. Digo: «Una cosa, si vienen aquí los helicópteros, que no recojan el agua de la piscina». Se lo digo a Daniel, a Ginés. Insisto. Digo: «Sobre todo, si han de cargar agua, que lo hagan en la del vecino». Se me quedan mirando con estupor, como si les extrañase lo que les digo. Tengo que explicarlo. Les digo que yo soy el encargado de la casa de Julián, que mi obligación es vigilar que todo permanezca en perfecto estado, que no puedo admitir que le vacíen la piscina tan solo por un incendio. «Hay otras piscinas», acabo por señalar. Quiero saber si lo han comprendido. Les pregunto: «¿De acuerdo?». Ginés y Daniel asienten mirándose entre ellos con una cierta complicidad. Sospecho que no me toman en serio. Digo: «Está bien, me quedo, ya me cuidaré yo de que eso no ocurra». Marcelo protesta, insiste en que hay que ir, que ellos sabrán hacerlo, que seguirán mis instrucciones al pie de la letra. «¿Seguro?», les pregunto. Lo confirman, me doy por satisfecho. Marcelo y yo vamos hasta el garaje, subimos al Mitsubishi, abro la puerta metálica, la del jardín, y conduzco hacia la calle.

Marcelo ha insistido en que conducía él. «Ni lo sueñes», he dicho. Y para que no se pusiera pesado, he añadido: «Es de Julián, me corresponde a mí». Nos dirigimos a Sarona, tuerzo en el cruce y por el camino le voy comentando a Marcelo que el coche va de fábula. Le digo: «El cambio es muy suave, el problema es la amortiguación, la noto muy dura, pero esto es normal con los todoterrenos, es lo que pasa con estos trastos». Continúo un rato hablando del Mitsubishi. Por el rabillo del ojo observo a Marcelo. Se retuerce las manos, no para quieto en el asiento. Al llegar a la cuesta de las curvas, vemos los primeros camiones de bomberos. Más adelante, los coches de Protección Civil y las ambulancias. Una multitud de personas, los rostros angustiados, rodean a los guardias civiles. Los que dan las órdenes no dan abasto con la gente que se arremolina y les exige una explicación. Reduzco la velocidad, trato de esquivar tanto vehículo. Un poco más arriba, un cordón de hombres uniformados nos impide el paso y lo veo carente de sentido. Uno de ellos se acerca, nos explica que no se puede seguir adelante, que no está permitido, que es peligroso. Tiene la cara tiznada de negro y lleva un pañuelo anudado en el cuello. Me fijo en su forma de hablar, es nerviosa. Me digo que este hombre está a punto de desmoronarse, que no sirve para este tipo de trabajo. La temperatura es abrumadora.

Asomo la cabeza por la ventanilla, le pregunto que por qué nos dice eso. De muy malos modos, replica: «Señor, hay un incendio». Me calmo, procuro calmarme. «Jefe, eso ya lo sé —le digo con la entereza de los héroes—, pero, verá, yo vivo ahí arriba, espero que lo entienda y me deje pasar.» «Lo siento, cumplo órdenes», dice el hombre del uniforme. Marcelo me agarra del antebrazo. Con voz perentoria, dice: «Jabo, tiene razón, no podemos continuar, hay demasiado humo». «Bueno —cedo yo—, aparcaré ahí.» Dirijo el coche, lo estaciono entre dos ambulancias, intento que quede un buen espacio entre ellas y el todoterreno de Julián. Unas bombonas de oxígeno me lo impiden, toco la bocina y espero a que alguien las retire. Nadie lo lleva a cabo, me impaciento, digo: «Ya no hay quien sepa hacer bien las cosas». Salgo del coche, cierro las puertas. Al girarme, descubro a Goyo al fondo de la explanada, sujeta a Jeremías de la mano, el niño sosteniendo al padre. Levanto el brazo, lo sacudo en su dirección, pero no logro que me distinga entre la gente. Me acerco, me ve, no me reconoce. Le digo: «Soy yo, Jabo». Goyo dice: «Todo está perdido, mis cuadros». Doy media vuelta, regreso al todoterreno y le encargo a Marcelo que lo vigile, que vuelvo enseguida. Le repito que tenga cuidado con las ambulancias, que las ambulancias no suelen fijarse por dónde van. Por si acaso, le tiendo las llaves. Marcelo protesta, pero es en vano. Para su tranquilidad, le digo: «Vuelvo en un santiamén», y salgo corriendo, me adentro en la espesura, aparto unas ramas, y comienzo a ascender por la ladera. Al poco, el humo empieza a molestarme, los ojos se me irritan y, en un instante, ya están llorando. Pero es por el humo, eh, que conste.

Bien, es evidente que estoy haciendo una tontería, pero mantengo la serenidad. Todo esto, el esfuerzo, el intento, es absurdo, me digo, no se puede hacer nada por cambiarlo. Sin embargo, me siento audaz, algo me anima a seguir ascendiendo por la pendiente, a ciegas a causa del humo, mientras oigo el chisporroteo de las llamas y los súbitos chispazos de la resina al estallar. Es bonita la sensación; ridícula, pero hermosa. Las lenguas rojas están delante, por los lados, por todas partes. Me dirijo hacia ellas, soy yo quien sale a su encuentro. Resbalo, pierdo pie, me voy al suelo. El fuego se ríe, engorda, se trocea, y, con cada crujido, el rojo se extiende, glotón, hasta devorar el mismo ruido que lo aviva. Cuesta respirar, es insoportable. Alguien da voces, me grita que me detenga. Otra voz se une a la primera y el tono, escucho, es apremiante. Tengo que detenerme. La cabaña está a pocos metros, no puedo desfallecer ahora, o lo que es lo mismo, no debo hacer caso. Continúo la torpe ascensión. Me ayudo con las manos y, a medida que avanzo, me voy llenando de arañazos. Pienso en mi padre, se sentirá orgulloso. Esto es mentira, me digo, a él no le importa nada. En mi madre no pienso, no puedo hacerlo. Me paro un instante, tengo que recuperar el aliento. Tabaco, un cigarrillo. Sacudo la cabeza, es una locura. No sé para qué estoy haciendo lo que estoy haciendo. La catástrofe es esa, no sé la razón, lo hago y punto. Una cosa es cierta, no estoy triste. Al contrario, hacer algo, aunque sea estúpido, me pone contento. Es una cosa rara, una paradoja. Vamos a ver, si llego a la casa, estará envuelta en llamas, es lo más probable, no nos engañemos. No podré hacer nada. ¿Entonces? Me da igual, siempre es lo mismo, nada es para algo, y cuando lo es, sirve de bien poco. La cuestión es hacerlo, los motivos no vienen al caso. Me urge llegar, es lo mínimo que puedo hacer. En el futuro, cuando alguien me pregunte qué hice yo, al menos tendré una respuesta. Diré que yo estuve ahí, que desafié al fuego, que no tuve en consideración el peligro con tal de salvar algo de la quema. Que yo estuve ahí. Siento un vacío, el riesgo, me emociona, es grandioso. Esto es lo que diría Daniel, «es grandioso». Continúo la ascensión, ahora a cuatro patas. En alguna parte he leído que en caso de incendio hay que agacharse y eso es lo que hago. De todas formas, nadie me ve. Es una postura bastante comprometida. Que nadie diga luego que soy un cobarde. Insensato vale, pero no cobarde. Sigo, aparto más ramas, vuelvo a tropezar. Entre las toses y el humo no distingo nada, me doy de bruces contra un pino y veo las estrellas a causa del golpe. Me llevo las manos a la cabeza, estoy sudando a mares. Ojalá también sangre algo, no mucho. Lo suficiente para que se me tenga en cuenta. No es fácil hacer lo que hago, tengo demasiadas cosas en la cabeza. Es una situación asfixiante, no tengo tiempo para pensar, solo hago lo que tengo que hacer. Me apoyo en el tronco, en el mismo con el que me he golpeado, y tomo impulso hacia delante. Un poco más arriba, me tiro al suelo, he oído un crujido muy cerca, algo se desgaja, algo que puede venirse abajo y caerme encima. Doy una vuelta sobre mí mismo, como en las películas de comandos, y gateo con codos y rodillas, subiendo, siempre subiendo. Llego al pequeño claro, ya veo la casa, las ruinas de la casa. Me detengo.

Es espantoso. No queda nada, solo es un paisaje ennegrecido de restos. Ya no existe la casa. Me aplasto contra la tierra, hundo la cabeza entre la pinaza. No quiero seguir oyendo el escándalo del fuego. Grita por todas partes, lo oigo, dándose el gran festín. Me arrastro, sé cómo hacerlo, y me acerco. No es bueno ver lo que veo. Impresiona, tira para atrás. No doy un paso, ya tengo bastante. Lo he perdido todo. Era poco, pero era mío. No tengo nada. Miedo. Ya no me importa la sensación, estoy asustado. La Oronda se ha puesto las botas conmigo. No sé por qué, yo no le he hecho nada. La veo, la estoy viendo en acción. La Oronda levanta una mano y nos pone a todos en su sitio. Ella es la que se encarga. Coloca a cada uno en su lugar, en su plaza reservada, como en un gigantesco aparcamiento. Mi sitio es ninguno. No me muevo. Permanezco tumbado en el suelo, agarrado a la tierra como si en ello me fuera la vida. Siento la sangre que resbala por mi cabeza y va, gota a gota, cayendo en la misma tierra que me agarra. No me gusta la imagen, pero es algo que hipnotiza, la caída de cada gota. Entre el estruendo del bosque ardiendo, el fuego en pleno auge festivo, creo percibir el suave chasquido que hace una gota de las mías al resbalar por la piel y detenerse en un suelo lleno de broza, ni siquiera limpio, ni siquiera fértil. Es un desperdicio. Pero no es lo único que oigo.

Oigo otra cosa, la oigo con total claridad. Ella dice lo mismo que mi madre, lo mismo que Mara. Que no. La Oronda, otra madre, está diciéndome que no. Es claro y rotundo. Es un NO gigantesco. Las tres coinciden. Es curioso, oigo a la Oronda, es muda y está gritando. No puede ser, me digo. Apoyo la mejilla contra la pinaza. Está gritando, es cierto, tan cierto como el humo que asciende delante de mis ojos. No hay duda, el fuego viene hacia mí, y la Oronda grita, el humo me ahoga, y mi sangre, la sangre inútil, está dejándolo todo perdido. Le hago caso y escucho, es un momento importante, un momento para la caja de zapatos. La destrucción, el incendio, es lo lógico, lo más natural del mundo. Es parte de mí, soy yo. No me lo puedo tomar de otra manera, sería de locos hacerlo. Me incorporo a medias, giro sobre mi estómago y desando el camino por donde he venido. No es justo, me digo. No me lo pienso dos veces y mando al diablo el poco sentido común que me queda. Me incorporo del todo, me encorvo hacia la pendiente, y me lanzo ladera abajo. Cruzo los brazos por delante de la cabeza, protejo los ojos, y no paro, no paro de andar, de tambalearme y de tropezar. Pierdo la noción del tiempo. Golpeo con todo, todo se golpea conmigo, y, latigazo tras latigazo, continúo el descenso como un poseso. No siento nada. Pero grito, vuelvo a gritar. Y con cada alarido, descubro que correr con los ojos cerrados ladera abajo no es lo peor que podría pasarme. Yo no soy solo *no*, no puedo aceptarlo, yo voy a ser padre, la niña me necesita. Tengo que protegerla. Vuelvo a gritar. Y cuando tropiezo y caigo contra la carretera, después de dar un par de vueltas, y mientras unos sujetos me cogen por los brazos, me levantan y me llevan a una de las ambulancias, sé una cosa, una cosa bien clara y definitiva: soy algo. «Tranquilo —me dice uno de los uniformados—, tranquilo.» «Es por el humo —les digo yo, sorbiendo las lágrimas—, lo juro.» Reconozco la voz de Marcelo, pregunta si estoy bien, lo repite, lo vuelve a hacer. Quiero preguntarle por el todoterreno de Julián, pero no consigo formular la pregunta. Mi boca está paralizada en una sola afirmación. «Lo juro», digo. Lo digo una y otra vez: «Lo juro, lo juro, lo juro».

«No estamos acabados», le repito. Quiero que Marcelo lo entienda de una puñetera vez, que no insista. Contemplo los destellos de la piscina, la ceniza sobre el agua. Marcelo está de pie a mi lado. Me dice que tengo que hacer algo, que debo pensar en el futuro, en la niña. Los demás se encuentran en la sala, consolando a Mara. Fina ha repetido hasta la saciedad que esta noche se quedaba con nosotros, con Mara, para procurar tranquilizarla. «En su estado, Jabo, es lo mejor, es lo que le conviene», no ha cesado de decir. Yo me he negado en redondo, no necesitamos esa clase de ayuda. Pero Mara ha dicho que le parecía bien, que por favor. Y ha añadido: «No quiero estar sola». La gente ha guardado un respetuoso silencio, todos con la misma idea en la cabeza: está Jabo, ¿no cuenta o qué? Miranda y Andrea no han sabido dónde dirigir la mirada, la situación se ha puesto tensa. Pero no para Fina, Fina sabía perfectamente dónde clavar sus ojos. En mí, con fijeza, con determinación. Daniel, cuando nos ha visto llegar, se ha mostrado muy afectado por la brecha de mi cabeza. Le he dicho que no era nada, que muy aparatoso pero nada en realidad. Los vendajes, en los brazos y en la frente, le han impresionado. Ginés, mientras tanto, se mantenía en silencio, lejos, en un extremo de la sala, sin inmiscuirse. Marcelo ha sido el mejor de todos. Les ha explicado la odisea con pelos y señales. Ha exagerado un poco la nota, pero no le he corregido, he dejado que ellos creyeran que he hecho algo trascendental, algo audaz y destacado. Yo sé que no ha sido gran cosa, pero eso no importa, lo principal es que lo crean los demás. «Teníais que haberle visto», contaba Marcelo. Todo marchaba bien. Poco después, Mara ha soltado aquello de que no quería estar sola y me ha estropeado el momento. Nadie, salvo Fina, ha sabido qué decir. He querido partirle la boca, es lo primero en que he pensado, en partirle la boca y cerrársela para siempre. Marcelo se ha interpuesto entre los dos. Me ha cogido del brazo. Ha dicho: «Salgamos al jardín, Jabo, venga». Hemos salido al jardín.

«No quiero que digas nada, Marcelo. Sé lo que estás pensando, pero no quiero que me lo digas. Lo has visto con tus propios ojos, Mara tiene miedo, tiene miedo de mí. Y no, no se lo reprocho, yo también lo tendría. Mira, Marcelo, estoy hecho un lío, tengo que desembarazarme de muchas cosas, mi pasado. No sé cómo decirlo, no sé cómo hacerlo, ¿entiendes?, quiero que lo entiendas. Estoy confuso. Pero no quiero que pienses que estoy buscando excusas para justificar mi fracaso, no, maldita sea, eso no va conmigo. Solo intento explicarte que yo soy alguien especial, sí, no me pongas esa cara, soy alguien especial porque no tuve más remedio, tuve que serlo desde muy pequeño, tuve que convencerme, ¿oyes? Nosotros, los vivos, nunca sabremos si somos lo que somos porque lo somos o porque nos han empujado a serlo. Eso es lo que yo digo. Mira, Marcelo, lo he estado pensando y he llegado a una conclusión. Soy objetivo, haz el favor de creerme, no tengo ningunas ganas de engañar a nadie, al contrario, trato de ser sincero con tal de sacarme la basura de la cabeza, son cosas que nadie puede cambiar, soy como soy y ya está, pero quizás unas palabras puedan apagar el ruido de otras palabras. Palabras venciendo palabras. Me gusta. Escucha, si yo te digo: *no vales para nada*, ¿qué sucede?, poca cosa sucede. Si te lo repito una y otra vez, algo comienza a suceder, ¿vale? Si hago lo mismo durante veinte años, ¿qué consigo al final?, ¿eh? ¿Y si no te lo digo yo?, imagínate ahora que es otra persona, una persona muy cercana a ti, una persona de tu misma sangre. ¿Qué pasa entonces? Y no, no hay nadie que te proteja, nadie te defiende, estás solo. ¿Qué sucede entonces, eh? Pues que te lo acabas creyendo, eso es lo que pasa. Ahora haz un esfuerzo e imagínate que, además, la misma persona, la misma mujer, se empeña en decirte: *quién te quiere a ti*, y no es una pregunta, es una frase despectiva. Sí, de acuerdo, es una simpleza, todo depende del tono. El tono. ¿Te lo imaginas?, tu autoestima en función de un tono. Es terrible. Un tono te dice que no eres suficiente, que no eres capaz, que solo lo es ella y porque no tiene otra salida. Sí, ya sé lo que me vas a decir, que hay cosas peores que eso, cosas que suceden constantemente, cosas horribles. Pero no me negarás que el goteo psicológico surte efecto, que es demoledor. Esto es lo que quiero decir. Tú puedes entenderlo, ¡te cambias de calzoncillos tres veces al día! El poder de ella, y me refiero al permanente gesto de negación. Ella lo hizo, ¿te lo imaginas? ¡Has salido del vientre de esa mujer!, eso debería valer para algo, ¿no? Pues bien, ¿qué te queda por hacer, dime, qué puedes hacer? Yo te lo digo, solo queda una cosa: borrar la maldita huella del verbo que llevo impresa en la cabeza. La marca. Borrarla hasta que no quede ni una sombra, ¿ves la jugada? Pero hay una pega, no tengo ni la más remota idea de cómo hacerlo, solo sé que lo tengo que hacer, no sé nada más, ¿entiendes? Todo esto que te digo te lo estoy diciendo mientras lo pienso, ¿eh?, no te equivoques conmigo, Marcelo. Tú lo has visto, con tus propios ojos, Mara tiene miedo de mí, es de locos, ¡soy yo el que tiene miedo de ella!, te lo acabo de contar, te lo he demostrado, Mara es como las otras dos, como todas en realidad, ¿te extraña? Haz que se vayan, por favor. Marcelo, haz que se vaya todo el mundo.»

Estoy a solas con Mara. Carraspeo, le digo: «Es la cruda realidad, Mara, lo hemos perdido todo». Me mira en silencio, sin pestañear. Parece en otro sitio, muy lejos de esta casa. Las voces interiores, las mías, las que me hablan, las que me advierten antes de que ella abra la boca, me están diciendo que Mara me considera responsable, que Mara ya ha juzgado que todo es por mi culpa. Lo entiendo, es necesario un culpable, no es difícil de entender. Es el pánico, el vacío. La suma de ambos. Se debe a su estado, es algo que admito. Le aconsejo que cene algo y ella replica que no tiene hambre. También comprendo esto. Le digo que se vaya a dormir, que se olvide del tema, que yo me encargaré de encontrar una solución. No dice nada. Mara no se lo cree, me susurran las voces interiores, no me tiene confianza. Insisto en que suba a acostarse, no soporto esa mirada, los ojos despreciativos, el gesto adusto. Se incorpora, da media vuelta, no se despide. Sube al dormitorio. En la escalera, la oigo hablar con el vientre abultado. Le dice que todo va a arreglarse, que confíe en mamá, que ella no va a permitir que nada malo le suceda. Al decirlo, vuelve los ojos hacia mí. Trago saliva, me muerdo los labios. Poco a poco, su voz disminuye. Luego da un portazo y oigo el sonido que hace al correr el pestillo. Voy a la cocina, a la despensa, me sirvo un malta. Lo apuro de un trago, me sirvo otro y apago la luz y lo bebo a oscuras. Julián, tengo que hablar con Julián, tengo que recordarle nuestro pacto, no entiendo por qué no llama. Julián debería llamarme por teléfono, ahora, es necesario. Lo hará, tiene que hacerlo, nunca me ha fallado. Y cuando lo haga, ya me imagino lo que va a decir, Julián no cambia. Dirá: «Ciendones, hombre de poca fe, te preocupas demasiado, tenemos un pacto, ¿no lo recuerdas? Yo me haré cargo de vosotros». Me llamará Ciendones, como siempre, y luego me convencerá de que las cosas se van a solucionar, de que nada es tan definitivo como parece. Es lo que hará, lo sé, confío en él, somos amigos. Julián es un hombre justo. Un hombre bueno. Voy a la sala, recojo el teléfono inalámbrico y subo a la buhardilla.

Me tumbo un rato en el sofá. Quieto, me dedico a mirar el techo inclinado. Siento el desapego, el peso de todas las decisiones erróneas que he tomado hasta llegar a esta situación. Los resultados. Las cosas van mal, verdaderamente mal. Es lo que opino, pero creo que otros deberían opinar lo mismo. Mara no piensa, no reflexiona, se limita a dormir, a hablar con la niña, a echarme la culpa. Eso es todo lo que hace. Ya se ha transformado por completo en un ser distinto, en alguien capaz de cualquier cosa en nombre de un amor mal nacido. Lo sé, la estoy viendo, es tarde para evitarlo. No debimos abandonar la ciudad, allí todo es más sencillo, más artificial, cualquier abominación es posible. Lo dejo estar, es deprimente. Me incorporo, abro el armero, saco el rifle. Voy hasta el ventanal. Observo el vecindario a través de la mira. Está tranquilo, nada ha cambiado. No me extraña, es un lugar de privilegio, es imposible que aquí ocurra nada grave. Apunto hacia la villa de los Matamala, veo una luz entre las tomateras. La casa está a oscuras, pero hay un diminuto brillo en la plantación secreta de Gabino. Muevo el rifle, sigo el tenue fulgor. Es un foco pequeño, quizás una linterna. Oscila, se detiene. Sí, es una linterna. Enfoca a los tomates. Es Irene, la distingo por el cabello. Cuelga la linterna en una de las cañas, extrae un objeto del bolsillo. Se agacha, hace algo. La veo afanarse entre las hojas, las va cortando, tiene unas tijeras en las manos. Corta los tomates, uno a uno, las hojas, los tallos. Van cayendo al suelo, los pisotea, los machaca. Destroza la plantación. Se detiene, mira a izquierda, a derecha. Desvío el rifle, cambio de objetivo.

Apunto a la villa de los Marsalis con la esperanza de encontrar a las chicas. Recorro la casa, el jardín. Nada, no hay ni rastro de ellas, todo está apagado, incluso la piscina. Es una lástima, me apetecía tenerlas en el centro de la mira, justo en la cruz. Dirijo el rifle hacia la villa de los Verino y veo a la señora rubia. Está sentada en la mesa del porche, cerca de su marido. En medio, la asistenta. La única luz proviene de una farola y es una luz mortecina, desvaída. Es difícil ver lo que hacen. No hay nadie más, ni los hijos, ni siquiera el pelón de la moto. La chica de servicio se sienta de manera estrafalaria, con las piernas separadas, cada una en un brazo de la silla. Casi no los veo, pero diría que el matrimonio está inclinado hacia su delantal, debajo. No distingo las manos, solo hay cabezas, es un cuerpo con tres cabezas. Levanto el rifle. La noche es oscura, silenciosa. Me apabulla la ausencia de sonidos. El contraste entre mi cabeza y el exterior es tan grande que me cuesta hacerme a la idea de lo que ha ocurrido esta misma tarde. Esto es otro mundo, un mundo aparte, un mundo al que yo no pertenezco. Doy media vuelta y me dirijo al otro ventanal, el que da a las montañas. Apunto hacia allí. Veo el fuego, se desplaza, se aleja de Sarona. Apenas un resplandor rojizo. Es pequeño, desde aquí no parece gran cosa. Elevo la mira al cielo, lo veo encapotado, sin estrellas. Todavía es posible que llueva, me digo. Una lluvia ligera, nada preocupante, un poco de agua ahora que no hace falta. Una broma de mal gusto, otra más. Lo que debería caer es un diluvio, eso es lo que debería caer. Suena el teléfono. Me apresuro a alcanzarlo. Suelto el rifle, aprieto el botón verde. Digo: «Sí». Oigo una voz, pero no es la de Julián.

Es un hombre desconocido. Se me ocurre que puede ser el de ayer, el que habló con Mara. Le escucho y ya no tengo ninguna duda. Se trata de él, es el mismo que no ha parado de llamar. El del silencio. Ahora repite la pregunta, quiere saber si está Julián. «¿De parte de quién?», digo yo. La voz dice: «Eso no importa». «A mí sí me importa», replico con autoridad. Espero su turno. «¿Quién es usted?», me interroga. «El mayordomo —contesto—, ¿y usted?» Una pausa. El hombre dice: «Julián Sassard tiene algo que nos pertenece y usted sabe de qué se trata». No digo nada. Voy a buscar el paquete de tabaco, enciendo un cigarrillo, exhalo el humo. Sé lo que quiere ese hombre, lo que busca, lo sé perfectamente. Camino hasta el ventanal, observo el coche, el de color gris plata, aparcado en la calle junto a la casa de los Marsalis. Es un coche japonés, uno de esas marcas nuevas. Brilla una luz dentro, se enciende, se apaga, y deduzco que el hombre hace lo mismo que yo. Veo la brasa de su cigarrillo. Al cabo, otra luz aparece y desaparece. Entorno los ojos, fuerzo la vista y sí, son dos las siluetas que distingo. El hombre del silencio dice: «Escuche, no perdamos el tiempo, si nos facilita las cosas, habrá algo para usted, ¿me entiende?». Doy media vuelta, me alejo del ventanal, miro al techo inclinado. Es sencillo, solo se trata de bajar al despacho de Julián, abrir el departamento secreto y darles lo que quieren. Sencillo y fácil de hacer. Me pregunto cuánto valgo yo, cuánto puedo generar en el futuro. La respuesta es: poco, muy poco. Yo no tengo suerte, no soy hombre de posibles. Me aclaro la garganta, digo: «No puedo hacerlo». El hombre tapa la boquilla del teléfono, se lo debe de estar contando a su compañero. Un instante y dice: «¿No ve que su amigo le ha dado esquinazo, que le ha dejado plantado?». Sonrío. Digo: «Eso es lo mismo que diría mi mujer, pero de ella no te puedes fiar, ella no es capaz de ver las cosas tal y como son». «Usted va a tener problemas», dice el hombre sin alterar la voz. Respiro hondo, cierro los ojos, tomo asiento. Espero unos instantes. Comienzo a hablar. Lo hago con un tono cansado, aburrido.

Digo: «Problemas, usted habla de problemas. Mire, le voy a decir una cosa y escúcheme bien: lo he perdido todo, sí, en un incendio, esta misma tarde, hace unas horas. Estoy arruinado, no tengo trabajo, no tengo dinero, mi mujer está embarazada y yo estoy hasta la coronilla de que la gente me diga lo que tengo y lo que no tengo que hacer, ¿me oye?, así que no me hable de problemas». Paro de hablar. En el otro lado de la línea se oye una respiración, ningún comentario. Espero. Cuando el hombre va a decir algo, le interrumpo. Digo: «Le voy a decir otra cosa, usted se equivoca si piensa que todo lo que le he dicho es suficiente motivo para hacer lo que usted me pide. En todo caso, lo haría porque a mí me da la gana, no porque usted me lo dice, ¿se entera?». Aguardo que responda. Lo hace. Replico: «No, no estoy borracho». Cuelgo. Voy hasta el mueble bar, me sirvo otro malta. Regreso al sofá, me siento. Volverá a llamar, me digo. Lo sé. Apoyo la mano en la culata del rifle. Espero.

Oigo el timbre del teléfono. Lo sabía. Me tomo mi tiempo antes de contestar. Pulso el botón verde. Digo: «Sí». El hombre va directo al grano, dice que me olvide de lo de antes, que hablemos de dinero. Dice una cifra y espera mi respuesta. Me quedo sin habla, es una buena cantidad, pero no es mucho. Con la mano libre enciendo otro cigarrillo. No voy a aceptar, no voy a hacerlo, es la única forma. Respondo lo primero que me viene a la cabeza. Digo: «Julián es mi amigo. Además, yo no soy como mi padre, yo soy diferente. Usted no lo puede comprender, no me conoce». Una pausa. El hombre dice: «Hablemos». Me encojo de hombros, por mí, bien. Digo: «Usted no sabe una cosa, voy a decírsela, tengo que aprovechar ahora que es de noche porque de día soy incapaz de pensar en nada, no puedo decidir, en serio, no conozco la razón, pero es así. Atienda lo que le digo, los hombres como yo, las bestias, no tenemos futuro. Y otra cosa, ella dice que los hombres así no deberíamos tener descendencia, que nada bueno puede heredar un hijo de alguien como yo. Y ellas, las tres, siempre tienen razón, ¿no?, saben más que nadie sobre la verdad de la vida, ¿no es así? ¡Dios!, hay que acabar con ellas, hay que hacerlo antes de que ellas acaben con uno, es en legítima defensa, ¿no lo ve? ¡Y salir del laberinto, salir de la manera que sea! Estoy harto de tanto camino sin salida, estoy harto de mí, es un papel que no me corresponde. ¡Mi naturaleza está equivocada! Pero no es lo que usted se cree, no, nada de eso. Tengo que explicárselo». «Oiga», dice el hombre. Me interrumpe y abro los ojos. Es un hombre sin educación, uno más sin la necesaria sensibilidad de los perdedores. De nuevo tapa la boquilla. Sin embargo, ahora percibo lo que dice. «Este tío está loco.» Grito, insisto para que se vuelva a poner al aparato. Cuando lo logro, digo: «¡Escúcheme, bastardo, usted quiere obtener algo de mí!, ¿no es cierto?, ¡pues no me interrumpa!». Es su turno, espero. Aquí viene. Mientras me habla desvío la mirada al suelo. Lo veo lleno de hojas, de papeles. Mis cosas importantes. Las muevo con la punta del pie, las aparto. Reconozco una de ellas, tiene dos firmas, la de Julián, la mía. Levanto la vista, la fijo en el techo. En uno de los ángulos, descubro una araña tejiendo su tela. Se columpia, con suavidad. Cierro los ojos otra vez. Ahora me toca a mí. Digo: «No vuelva a hacerlo, no me amenace, usted no sabe de lo que puedo ser capaz». El hombre se dirige a su compañero, discuten. Al final, el hombre dice: «Volveremos a llamar». Corta la comunicación. Me quedo mirando el teléfono. No lo entiendo, justo cuando iba a hablar de lo más importante. Dejo el aparato en el sofá. Contemplo la araña, los vaivenes, el esfuerzo.

Agarro el rifle, voy al ventanal. Apunto hacia el coche japonés, primero al brillo en el asiento del conductor, luego al otro. Estoy así un rato. Me canso, no voy a disparar, todavía no. Regreso al sofá, me tumbo. Para hacer tiempo, tamborileo sobre el teléfono. Si Mara estuviera escuchando por cualquiera de los otros supletorios. Me lo imagino. La puedo ver diciéndome que acepte, que me deje de tonterías, que lo haga por la niña. Entonces la sarta de insultos. A continuación, y para no perder la costumbre, la lista de negaciones. Que no valgo nada, que nunca conseguiré salir adelante, que no sé hacer las cosas si no me apoyo en Julián, que no sé vivir sin estar bajo su tutela. Cosas así. Que no, que no, que no. Pienso en lo que le acabo de contar a ese hombre. Es cierto, cuando hablamos de reproducir hablamos de crear algo similar a otra persona. Está Mara, estoy yo. Es un crimen, hay personas que no deben ser reproducidas. Mis padres tendrían que haber pensado en eso; las cosas, entonces, serían diferentes. Oigo un ruido, me incorporo, presto atención. Suena como arañazos. Enseguida descubro el motivo, me relajo. Yo estaba en lo cierto, comienza a llover. El sonido de la lluvia llega de forma solapada, son risitas contenidas. Es lo que me parece. Al poco, arrecia, se convierte en carcajadas. Todo es un NO inmenso, abrumador. Es irritante, me enfurece. Siento el deseo de afirmar, de decir que sí, al menos una vez. El tejado parece venirse abajo, resuena la habitación entera, el ruido, el abucheo de los tambores, el timbre del teléfono. Se me escapa un suspiro, me agacho, lo alcanzo. Al momento de contestar, se apaga la luz, me quedo a oscuras. «¡Sí! —grito—, ¿qué quiere usted ahora?»

Sujeto el aparato con fuerza, con las dos manos, casi a punto de romperlo. La voz del hombre se revela impaciente. Habla, aumenta la cantidad de dinero, la dobla, pero sigue siendo una miseria. El desván se ilumina por un rayo repentino. Es solo un segundo, pero me veo extraño, otra piel, otra cara. El hombre pregunta si lo he oído bien. Digo que sí, que perfectamente. Tiemblo, no sé el porqué, pero tiemblo. El hombre insiste: «¿Qué responde?». Me apetece una copa, tengo la garganta seca, hay que ir por partes. Hago una pausa. Que no, que no, que no. Debería beber algo, no sé, un malta. Estaba equivocado, sí que soy como mi padre. El hombre acelera su respiración. Que no, que no, que no. Digo: «Acepto». Un silencio al otro lado de la línea. Por favor, me digo, que no se ría. Oigo su voz, una voz seca. Dice: «Ha hecho lo correcto». No digo nada, no puedo decir nada. Aguardo las instrucciones. «Por la mañana», señala. Asiento con la cabeza, ya falta poco, un par de horas. Otro rayo, otro disparo de luz. Mi sombra en la pared del desván, encogida, doliente, con ambas manos en la cara, cerca del cuello. El desconocido no se detiene, no para de hablar. Al final, dice:

«Haremos el intercambio». Y cuelga. Yo no, yo me quedo quieto, con el pitido de la línea reverberando en mis oídos. De nuevo la luz que restalla, que me despierta. Suelto el teléfono. Voy a tientas hasta el mueble bar, palpo las botellas, agarro una, cualquiera. La abro, bebo un sorbo. Es malta, Lagavulin. Me dispongo a dar un trago cuando caigo en la cuenta de que esto, el haber acertado, es un indicio, un buen indicio. Vacío media botella, es lo que calculo, y me dirijo al ventanal. Enciendo un cigarrillo, me asomo, observo la oscuridad. Debido al apagón, han desaparecido todas las villas de Torres Blancas, no se ven ni las piscinas. Contemplo la nada. Es curioso, yo me siento de idéntica manera. Lo mismo.

Mara está gritando mi nombre. No me muevo. «¡Jabo!», oigo que vocea. Debe de estar asustada, nunca le han gustado las tormentas, el aparato eléctrico. Es algo que no puede soportar. Grita: «¡Contéstame, por favor!». No le hago caso y bebo otro trago, apuro hasta la última gota. Vuelve a gritar, ahora a pleno pulmón. Quiere saber dónde estoy. Me acerco a la escalera, observo por la trampilla. A oscuras, veo que las sombras han tomado posesión de la casa. Multitud de ideas bullen en mi cabeza, pero no tengo tiempo de ordenarlas. «Te lo pido por favor», oigo a Mara diciendo. Me resulta increíble. ¿Acaso no tiene bastante con lo que ya ha conseguido? Lo he hecho, ¿no? ¿Por qué entonces me distrae con temores sin razón? Dejo caer la botella vacía, golpea contra los peldaños, rebota y no se hace añicos. Se aleja rodando. Mara pregunta: «¿Qué ha sido eso, Jabo, lo has oído?». No respondo. Soy yo, Mara, soy yo. Ella grita: «¡Yo te quiero!». Esto no me lo esperaba. Yo te quiero, acaba de decir. Significa que está al borde, que no lo aguanta. Por eso lo dice. Otra vez las palabras deliberadas, las nocivas. No tendría que haberlo dicho, es vergonzoso, casi un insulto. Regreso en busca del rifle, lo cargo, desando los pasos, lo dirijo hacia el hueco de la escalera. Apunto al descansillo. No se distingue nada a través de la mira. Permanezco quieto, listo para disparar a la primera señal de peligro. No tengo prisa, tengo todo el tiempo del mundo. Oigo que Mara se desgañita en la planta de abajo. Repite una y otra vez las mismas palabras. «¡Yo te quiero!», grita. Las percibo sin margen de error. También oigo otras palabras, otros significados. Sí, entiendo. Puedo oírlas, es un verbo preciso, un verbo contundente. Dicen lo mismo que yo pienso, coincido con las voces interiores. Mara no cambia, no va a cambiar jamás. Persiste inalterable en la iniquidad. Es tan evidente que me maravillo de no haberlo descubierto hasta ahora. Sonrío, ya estoy acostumbrado, no es una sorpresa. Es algo que tengo que solucionar. Voy moviendo el rifle con tal de cubrir todas las posibilidades, los ángulos. Aparece ante mis ojos la salida del laberinto, es la única forma de dejar atrás la pena. Apunto con cuidado. No, no me engaño. Los hijos heredan los defectos de los padres. No lo voy a hacer, ni loco. Oigo el pestillo que se descorre, apunto a las sombras, a la puerta. Cuando abra. Resuena en mis oídos el estruendo de la tormenta, el agua que cae. Agua. Pienso en el agua, un baño. La piscina. Se me acaba de ocurrir. Con el calor, el incendio y la tormenta, me han entrado ganas de hacer algo fuera de lo normal. Podría ser como un bautizo. El nuevo Jabo. Ya está decidido, luego, más tarde, una vez termine, iré a darme un baño en la piscina, en el agua azul caribe. Y si alguien me descubre y se extraña —todo el mundo sabe que yo odio las piscinas—, contestaré que es por el calor. Eso diré, que ha sido, que lo he hecho, por culpa del calor. Por su culpa.